Clássicos Juvenis — TRÊS POR TRÊS

TRÊS ESCRAVOS

TAMANGO
Prosper Mérimée

BENITO CERENO
Herman Melville

KANDIMBA*
Lourenço Cazarré

COORDENAÇÃO MARCIA KUPSTAS
ILUSTRAÇÕES EDSON IKÊ

São Paulo, 2019
1ª edição

* Este livro, originalmente intitulado *Os filhos do deserto combatem na solidão*, venceu o Prêmio Cepe Nacional de Literatura 2016, na categoria Juvenil, e o Prêmio Literário da Fundação Biblioteca Nacional 2018, também na categoria Juvenil. (N.E.)

Coleção Três por Três
Direção Presidência
Mário Ghio Júnior
Gerência editorial
Cintia Sulzer
Coordenação editorial
Fabio Weintraub
Edição e preparação de texto
Andreia Pereira
Planejamento e controle de produção
Patrícia Eiras e Adjane Queiroz
Revisão
Hélia de Jesus Gonsaga (ger.), Kátia Scaff Marques (coord.), Rosângela Muricy (coord.), Daniela Lima, Luciana B. Azevedo, Malvina Tomáz, Ricardo Miyake, Vanessa P. Santos
Coordenação comercial
Carolina Tresolavy
Edição de arte
Claudio Faustino (gestão), Erika Yamauchi Asato (coord.) e Nathalia Laia (assist.)
Diagramação
Nathalia Laia
Iconografia e tratamento de imagem
Sílvio Kligin (superv.), Fernanda Crevin
Colaboradores
Projeto gráfico
Aeroestúdio
Ilustrações
Edson Ikê
Coordenação
Marcia Kupstas
Suplemento de leitura e projeto de trabalho interdisciplinar
Silvia Oberg

Dados Internacionais de Catalogação na Publicação (CIP)

Três escravos / coordenação de Marcia Kupstas ; ilustrações de Edson Ikê. — São Paulo : Atual, 2019.
(Coleção Clássicos Juvenis : Três por três)

Conteúdo:
Tamango / Prosper Mérimée
Benito Cereno / Herman Melville
Kandimba / Lourenço Cazarré
ISBN 978-85-5769-231-2

1. Literatura infantojuvenil I. Kupstas, Marcia, 1957- II. Ikê, Edson III. Mérimée, Prosper, 1803-1870. Tamango IV. Melville, Herman, 1819-1891. Benito Cereno V. Cazarré, Lourenço, 1953- Kandimba

19-2036 CDD 028.5

Angélica Ilacqua CRB-8/7057

CL: 811458
CAE: 661620

2024
OP: 259312
1ª edição
5ª impressão
Impressão e acabamento: Log&Print Gráfica, Dados Variáveis e Logística S.A.

Copyright © Lourenço Cazarré, 2019
SARAIVA Educação S.A., 2019
Avenida das Nações Unidas, 7221– Pinheiros
São Paulo – SP – CEP 05425-902 – Telefone: (0xx11) 4003-3061
www.coletivoleitor.com.br
atendimento@aticascipione.com.br

SUMÁRIO

Prefácio
   Três escravos libertários   9

TAMANGO 13

   1. Isso é desumano   15
   2. Negociação   17
   3. Rainha   19
   4. Justiça divina   20
   5. Um grito de fúria   21
   6. Uma grande abóbora oca   23
   7. O instrumento dos deuses   24
   8. Gritos de guerra   26
   9. A luta   27
   10. A roda do leme   28
   11. Aguardente   29
   12. Naufrágio   30
   13. Uma chama na escuridão   32
   14. Liberdade   34

BENITO CERENO 35

   1. Desgraça   37
   2. Machadinhas   38
   3. Sofrimento   39
   4. Contraste   40
   5. Brincadeira   42
   6. Perdão   43
   7. Confiança   44
   8. Confusão   46
   9. Resmungos   47

10. Nó   47
11. Migalha   49
12. Sangue   50
13. Conselheiro   53
14. Visita   54
15. Adeus   55
16. Pirata   56
17. Recompensa   58
18. Rendição   59
19. Água   60
20. Vigilância   61
21. Esquecimento   63
22. Liberdade   64

KANDIMBA   65

1. O canto do pássaro desconhecido   67
2. Leoa pronta para atacar   68
3. O rio, o bosque e as montanhas   70
4. A sede, a fome e o cansaço   71
5. O velho que enganava a morte   72
6. Aguardente e tabaco   74
7. A cabana que se move sobre a água   75
8. Um país distante, imenso   76
9. Mais poderosa que a rainha Ginga   77
10. Para escravizar gente pacífica   79
11. Adultos gostam de assustar crianças   80
12. A batida seca dos remos   82
13. Imobilizado pelo olhar hostil   83
14. O misterioso objeto retangular   84
15. Mares nunca dantes navegados   85
16. A música encantadora das palavras   87
17. Uma máscara de pelos vermelhos   88
18. Moleque de recados   89
19. O tiro dado por um bêbado   90
20. Uma voz que tentava parecer fria   91
21. O primeiro degrau da dor   92
22. Enganando o bom Deus?   93
23. As ladroagens praticadas todos os dias   96

24. À noite, às escondidas, à luz de vela   97
25. Provas ainda mais duras   98
26. O terrível sentimento de humilhação   99
27. Um tapete de corpos humanos   101
28. Trezentos mil-réis   102
29. Preces, blasfêmias e gritos de dor   103
30. Duzentas almas   104
31. Diamantes negros   106
32. Pessoas enlouquecidas pelo desespero   107
33. O momento mais triste era o despertar   108
34. Ajuda divina   110
35. A Babel da África   111
36. Um bom serviço aos irmãos africanos   112
37. Não vim para salvar ninguém   114
38. Do hospital para a cadeia   115
39. Um súbito acesso de tosse   117
40. Boa impressão no primeiro dia   118
41. Na tua aldeia não era assim?   119
42. A música africana abafou o som do violino   121
43. O capitão tem medo das calmarias   122
44. Os desgraçados são teus irmãos   123
45. A mais bela de todas   124
46. Um banho de sangue   125
47. Vi só tristeza no rosto dela   126
48. Filhos do Diabo   127
49. Deixa comigo   128
50. Murro e cabeçada   129
51. Navios não brigam com o vento   131
52. O feitiço dos olhos de Muxima   132
53. Os primeiros irão para o inferno   134
54. Não temos outra saída   134
55. Ninguém mais descerá ao porão   135
56. Não deves confiar em ninguém   136
57. O sorriso alegre dos africanos   137
58. Uma alta parede de água   138
59. Um pai-nosso e uma ave-maria   140
60. Nas mãos de Deus   140
61. Em busca de liberdade   141

TRÊS ESCRAVOS LIBERTÁRIOS

Três autores, três épocas, três lugares... e um tema central, reunindo três diferentes narrativas. Quantas semelhanças pode haver entre essas histórias, quantas são suas particularidades?

"Se a escravidão não é crime, o que será um crime?", disse o político norte-americano e abolicionista Abraham Lincoln (1809-1865). No que se refere à escravidão negra nas Américas, foi um crime altamente lucrativo, porque a força econômica americana baseou-se no sistema de *plantation*, com latifúndios de monocultura (tabaco e algodão no sul dos Estados Unidos; cana-de-açúcar no nordeste brasileiro, por exemplo), e, para mover essa agricultura, era preciso muita mão de obra: a africana, escravizada e levada para o outro lado do Atlântico.

Supõe-se que os navios negreiros tenham trazido cerca de 13 milhões de pessoas da África para as Américas, na maior deportação da história mundial. Uma viagem de Luanda para o nordeste brasileiro levava aproximadamente 35 dias. Era comum que morressem de 30% a 50% da "carga" ou de "peças" – como se denominavam os escravos – durante a travessia. Mesmo assim, o lucro era impressionante, e o comércio de escravos prosseguiu por três séculos e meio.

No volume *Três escravos*, da coleção **Três por Três**, Lourenço Cazarré reúne narrativas repletas de peripécias e tão ricas em informações que acabam por formar um amplo quadro, trágico e comovente, do que foi o transporte de cativos nos navios negreiros.

Tamango (1829), de Prosper Mérimée, é uma história aventurosa e trágica ao mesmo tempo. O africano Tamango é vendedor de escravos e líder do seu povo. Certa vez, ao negociar com o capitão Ledoux, ele se embriaga e envia sua esposa Aicha com os cativos. Ao despertar no dia seguinte e tomar consciência do que fez, vai sozinho ao navio negreiro *Esperança*, para reavê-la. É aprisionado pelo capitão Ledoux, que o considera ótima "peça" para a escravidão. O navio parte e logo Tamango se revela um líder nato. Convence os escravos a seguir suas ordens e dominam o barco. Porém, não sabem navegar. O *Esperança* fica à deriva, até que as provisões acabam e todos morrem. Com exceção de Tamango, que é resgatado, quase à morte, por um navio inglês. É levado a Kingston, na Jamaica; ali se recupera e conta sua história às autoridades. É libertado e vai trabalhar com um oficial britânico. Quase não fala, bebe muito e, anos depois, complicações pulmonares o levam à morte.

O desfecho pode ser plausível e realista, mas é um anticlímax. Não há como o leitor não simpatizar com Tamango e torcer por ele. Ele é uma força da natureza, um anti-herói com falhas e contradições, mas fascinante em sua capacidade de liderança e persistência, resistindo ao destino traçado e mantendo seu orgulho nas condições mais adversas.

Baseado em fatos reais, *Benito Cereno* (1855), do escritor norte-americano Herman Melville, traz a narrativa do ponto de vista dos brancos. Em 1799, o comandante Amaso Delano, do barco de caça à foca *Perseverance*, avista um estranho navio à deriva, próximo a uma ilha chilena. Ao subir a bordo do *Santo Domingo*, encontra uma situação lastimável: alguns marujos brancos e uma centena de negros em condição miserável de fome, sede e desalento.

Amaso se condói daqueles homens e lhes oferece água e comida. Enquanto ocorre o abastecimento, ouve a história trágica. O capitão Cereno, sempre apoiado por Babo, seu fiel escravo pessoal, explica que transportava escravos para um amigo e que eram seres tão pacíficos que dispensavam o porão, ficando no tombadilho. Depois, sua narrativa fica confusa, com calmarias e tempestades em latitudes incompatíveis. O comportamento das pessoas a bordo também causa estranheza a Delano: os marujos respondem por monossílabos, há alguns negros que não param de polir suas machadinhas, um grupo de velhos mantém-se vigilante e um negro grande, Atufal, está sob grilhões, mas age com arrogância incomum.

Tudo parece suspeito ao comandante Delano, que desconfia de uma armadilha e resolve voltar ao próprio navio, depois de prover o *Santo Domingo*.

Na hora em que o bote está se afastando, o capitão Cereno joga-se ao mar e quer ir com ele. Babo segue o capitão, armado de um punhal. Cheio de ódio, tenta matar o "patrão". Delano compreende que os escravos se rebelaram e eram os verdadeiros senhores do negreiro. Lidera um ataque ao *Santo Domingo*. Na batalha, muitos marujos se ferem, mas dominam o barco. Cereno, então, conta a verdadeira versão dos fatos: realmente os brancos eram prisioneiros e Babo era o líder dos amotinados. Tomaram o barco e queriam retornar à África. Como isso não era possível, navegaram em busca de uma terra hospitaleira, mas enfrentaram intempéries até o fim dos suprimentos. Quando avistaram o *Perseverance*, Babo propôs a farsa para conseguir ajuda e, tão logo fosse possível, dominá-lo também.

O caso da rebelião é julgado em Concepción. Ao concluir sua história, Melville coloca, na boca do advogado de defesa, os valores da constituição americana: "[...] todos os homens são livres, iguais diante da lei e têm o direito de se rebelar quando lhes é roubada a liberdade". Essas palavras se revelam inúteis; os oito líderes do motim são condenados à morte.

Lourenço Cazarré, autor das adaptações, em seu texto original, *Kandimba*, cria uma magnífica novela histórica.

O protagonista, homônimo da obra, que também é o narrador em primeira pessoa, começa sua história ainda criança, quando uma tribo rival ataca a vila em que ele vive e aprisiona seu povo. Seu pai é morto e sua mãe e seu irmão são enviados para o Brasil em um navio negreiro. Ele escapa do destino porque sua esperteza e curiosidade atraem a atenção do velho Mgongo, um misto de intérprete e auxiliar dos portugueses, que o coloca a serviço de dona Joana, uma das mulheres mais poderosas de Luanda.

Passam-se anos de aprendizado. O jovem Kandimba decora palavras em outros idiomas, alfabetiza-se em português, lê *Os Lusíadas*... Quando dona Joana parte em viagem, ela o deixa aos cuidados do padre Paizinho Coração. Com ele, aprende sobre religião e valores espirituais, lê a Bíblia e tem uma vida tranquila no convento. Após a morte do padre, sua sina muda. A irmandade o vende como escravo e se inicia sua trajetória mais terrível – e também heroica.

Depois de algumas peripécias, Kandimba acaba em um navio negreiro, que navega para o nordeste brasileiro. Tem uma dívida de gratidão com o capitão Mortezinha, mas isso não o impede de participar – e mesmo de exercer a liderança – da rebelião dos escravos. Seu coração está cheio de amor pela bela Muxima e ele quer a chance de viver com ela em liberdade. Ainda enfrenta a traição de José e descobre que o quilombo de Palmares, que este anunciava como destino seguro, não existe há mais de cem anos. Então o jovem percebe que, se quer ajudar os cativos rebeldes, tem de mentir. Grita "Palmares!" e lidera seu povo, em busca de um lugar de liberdade e esperança.

A coleção **Três por Três** pretende não só aproximar essas narrativas quanto a seu assunto central, mas permitir ao leitor que reconheça suas diferenças.

Tamango inspira empatia pelo protagonista homônimo, mas a opção por um desfecho tão prosaico decepciona o leitor moderno. A conclusão não chega sequer a ser punitiva dos excessos de Tamango, ela resulta apenas comum demais para alguém que vivenciou aventuras tão intensas.

A aventura cede terreno à indignação e à afirmação do poder dos brancos em *Benito Cereno*. A narrativa vem pela ótica do capitão Delano, que estranha o comportamento a bordo do navio e, quando descobre a realidade, tem reação punitiva e violenta; porém justa e legalista. Se fosse um homem de mau caráter, Delano poderia matar os escravos que se renderam ou simplesmente vendê-los em algum porto escravista. Opta por conduzir o *Santo Domingo* a um tribunal em cidade organizada. Essa legalidade e senso de justiça extrapolam a posição do personagem; ao citar a constituição americana, Melville repudia a escravidão, confirmando a máxima de que o homem deve ser livre e, ao lutar para conseguir a liberdade, jamais comete um crime.

Kandimba é realmente uma narrativa moderna. Paradoxalmente, é aquela que nos traz mais detalhes da época da escravidão. A pesquisa histórica é preciosa, e a narrativa cria uma incrível intimidade com o jovem leitor brasileiro. Afinal, Kandimba é um narrador curioso que divide conosco suas descobertas e revela sensibilidade também moderna, no que concerne à justiça e à solidariedade. Impede a vingança contra os marinheiros do navio negreiro, pune a traição com equilíbrio e, se é para incutir esperança, não se exime de mentir por uma causa maior. Não há como o leitor não se cativar (se é possível o trocadilho) de um cativo tão extraordinário.

Seja realista e até frustrante, pela justiça dos brancos ou por uma visão solidária mais contemporânea, o destino desses três escravos nos traz grande reflexão. Afinal, é justamente esta a proposta inovadora da coleção **Três por Três**: trazer a adaptação modernizada de textos antigos, de autores significativos da literatura universal, que dialogam com uma história de escritor brasileiro, também autor das adaptações. Seu desafio maior é seduzir o jovem leitor para que conheça o que já foi feito em outras épocas, sobre temas que, mesmo em nossos dias, continuam relevantes e desafiadores.

Boa leitura!

Marcia Kupstas

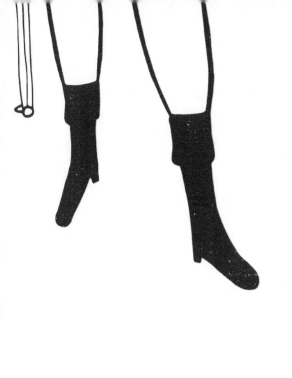

TAMANGO
Prosper Mérimée

Adaptação de Lourenço Cazarré

PROSPER MÉRIMÉE.

Francês, nasceu em Paris em 1803 e faleceu em Cannes em 1870. Era filho único de Leonor e Anne-Louise Mérimée, casal intelectual que valorizava as artes. O pai era pintor e professor de desenho, atividades que muito influenciaram o filho. Prosper estudou no Liceu Imperial antes de entrar na Faculdade de Direito, formando-se em 1823.

Prosper Mérimée foi um homem de seu tempo, reconhecido em vida por múltiplas atividades, além de escritor. Poliglota, aprendeu latim, grego, italiano, inglês e russo. Foi o primeiro a traduzir obras literárias russas para o francês. Em 1830 foi nomeado inspetor de monumentos históricos, tarefa em que se destacou. Aliou o conhecimento de idiomas a uma curiosidade nata, estudando arquitetura e arqueologia. Propôs técnicas inovadoras de restauração de obras de arte que engrandecem o acervo cultural francês até os dias de hoje.

Colomba (1840) foi seu primeiro grande sucesso de público. Passa-se na Córsega (tema de Matteo Falcone e outras histórias do autor) e trata do assassinato por vingança. Muitos de seus livros se passam em lugares exóticos (alguns realmente visitados por Mérimée, como Turquia, Grécia e Itália), com protagonistas igualmente singulares. É o caso de seu maior sucesso, Carmen (1845), em que a cigana homônima instiga paixões violentas que resultam na destruição dos homens que se apaixonam por ela. A ópera Carmen (1875), de Georges Bizet, baseou-se no livro e popularizou ainda mais a história de Mérimée.

Para a coleção **Três por Três**, Lourenço Cazarré adaptou a novela Tamango, que consta do volume Mosaico (1833). Tem a marca do exotismo no ambiente e da caracterização de personagens, assuntos tão caros ao público romântico e que certamente continuam cativando o leitor contemporâneo, ainda mais pela bela versão de Cazarré, que nos traz a trajetória de um personagem tão intenso e fascinante.

1
ISSO É DESUMANO

O CAPITÃO LEDOUX era um bom marinheiro.

Começou sua vida no mar como grumete quando era pouco mais do que um garoto e em alguns anos foi promovido a timoneiro. Na Batalha de Trafalgar teve sua mão esquerda decepada por um estilhaço de madeira. Passou um tempo em terra, mas aborreceu-se tremendamente.

— Repouso é algo que não me agrada — dizia ele.

Voltou a embarcar e serviu como segundo-tenente a bordo de um corsário francês.

Os corsários eram navios particulares que tinham autorização de países em guerra para atacar e pilhar embarcações de seus inimigos.

Com o dinheiro que ganhou com a captura de algumas embarcações, Ledoux comprou livros e se dedicou a estudar a teoria da navegação, pois já conhecia bem a parte prática.

Foi então promovido a capitão de um navio de dois mastros, três canhões e tripulação de sessenta homens, com o qual juntou uma pequena fortuna saqueando barcos ingleses. Por isso, ficou muito contrariado quando a França selou a paz com a Inglaterra.

— Por que firmam um acordo de paz — lamentou-se ele, conhecido pela ironia — justamente quando eu pretendia aumentar ainda mais a minha poupança?

Quando o tráfico de escravos foi proibido, Ledoux viu-se diante de uma nova oportunidade de ganhar muito mais dinheiro. Comandar um navio que carregava africanos para a América era uma tarefa bastante lucrativa, mas que exigia coragem e esperteza para burlar a vigilância dos guardas franceses nos portos e para escapar dos navios ingleses que combatiam o tráfico no mar.

Logo Ledoux passou a ser reconhecido como um grande comandante de navio negreiro. Inovador, ele foi pioneiro no uso de caixas de ferro para conservar a água, bem como na técnica de envernizar algemas para melhor preservá-las contra a ferrugem.

Dirigiu a construção de um brigue, belo veleiro de dois mastros, estreito como um barco de guerra e muito veloz. Deu a ele o nome de *Esperança*.

Para que seu navio pudesse carregar um número ainda maior de escravos, Ledoux resolveu que o porão teria apenas um metro e dez centímetros de altura.

— Isso é desumano — alegou alguém. — Num porão tão baixo assim, os cativos terão de ficar sentados por, no mínimo, quarenta dias.

— Quando chegarem à América, eles poderão passar o resto de suas vidas em pé — respondeu Ledoux.

Como os escravos eram colocados sentados em duas linhas paralelas, uns de frente para os outros, com o dorso apoiado no costado do navio, restava entre os pés deles um espaço livre. Ledoux resolveu levar mais dez homens nesse espaço, deitados, de forma a aumentar o lucro dos traficantes e também o seu, já que recebia participação na venda.

Na sua primeira viagem, o *Esperança* zarpou do porto de Nantes numa sexta-feira, dia de azar, como observaram depois os supersticiosos. No dia anterior, inspetores vasculharam o navio, mas não descobriram as grandes caixas que continham grilhões e algemas, nem estranharam a enorme provisão de água. Afinal, pelos documentos de bordo, aquela embarcação iria apenas até o Senegal buscar madeira e marfim.

Bem aparelhado e equipado, o *Esperança* fez uma travessia tranquila e rápida. Num determinado ponto da costa senegalesa enveredou pela embocadura de um rio largo e profundo e avançou por várias milhas até lançar âncora nas proximidades de um local onde homens, mulheres e crianças eram vendidos como escravos.

Os agentes do tráfico subiram logo a bordo.

— O senhor chegou numa boa hora, capitão Ledoux — disse um deles. — Tamango, um famoso caçador e traficante de escravos, está acampado próximo daqui. Como quer voltar logo ao interior, ele certamente fará um preço bom.

— Baixem um bote! — ordenou o capitão. — Vou conversar agora mesmo com esse sujeito.

2
NEGOCIAÇÃO

POUCO DEPOIS, Ledoux desembarcou em terra e se dirigiu ao lugar onde estava Tamango, com seus auxiliares e os escravos.

Em uma precária cabana de palha, ladeado por suas duas esposas, o alto e forte Tamango esperava o visitante. Vestira-se de modo a impressioná-lo. Trajava uma desbotada túnica militar azul com botões dourados e calças largas de pano da Guiné. Atravessado nas costas, amarrado por um pedaço de corda, trazia um grande sabre de cavalaria. Na mão direita segurava um belo fuzil inglês de dois tiros.

— Este senhor está mais elegante do que os almofadinhas de Paris — comentou Ledoux em voz baixa com seus marinheiros.

Devagar, o imponente e orgulhoso Tamango se pôs de pé.

Com um sorriso irônico nos lábios, o capitão voltou-se para o seu imediato e resmungou por entre os dentes:

— Se levasse esse rapagão até a Martinica, eu poderia vendê-lo por uns mil escudos.

Depois de um forte aperto de mãos, Ledoux e Tamango sentaram-se em almofadas. Um marinheiro que conhecia um pouco do idioma falado naquela região acomodou-se perto deles para servir de tradutor. Um grumete aproximou-se com uma cesta que continha várias garrafas de aguardente, abriu uma delas e o francês e o africano começaram imediatamente a beber.

Para ganhar a simpatia do caçador e mercador de escravos, Ledoux deu-lhe de presente um saco de pólvora que tinha como enfeite um retrato de Napoleão Bonaparte em relevo.

Demonstrando grande alegria com o presente, Tamango fez um sinal a seus ajudantes para que trouxessem os cativos.

Começou então o desfile. Os escravos vieram em uma longa fila, todos eles com o pescoço preso a um forcado de quase dois metros de comprimento. As duas pontas da forquilha eram unidas, na nuca do prisioneiro, por uma trave de madeira. Quando eles iam marchar, o cabo do forcado era colocado sobre o ombro do homem que estava à frente. Assim, o primeiro homem da fila segurava o cabo do forcado do segundo homem que, por sua vez, sustentava o forcado daquele que vinha em terceiro lugar.

— Se estivesse com um pedaço de pau desses pendurado no pescoço, eu não pensaria em fugir — disse Ledoux e, em seguida, passou a criticar os escravos. — Tamango, o povo da África está degenerando. Os homens que você quer me vender são raquíticos e as mulheres são velhas demais. Antigamente os homens eram mais fortes e as mulheres eram mais bonitas.

Enquanto fazia esses comentários, o francês avaliava atentamente os cativos. Decidiu que pagaria o preço justo pelos mais robustos e vistosos, mas pediria um grande desconto pelos outros.

— Está muito difícil conseguir boas peças — argumentou o africano. — Cada vez eu preciso ir mais longe para caçá-las.

Quando acabou o triste desfile, Tamango anunciou a quantia que desejava por aquele lote de escravos.

— Pelo tridente do Diabo! — urrou Ledoux levantando-se de um pulo. — Por que você não arranca logo meus olhos e os joga para os cães? Eu não vou negociar com você, Tamango!

Fingindo indignação, o francês partiu a passos largos, mas o africano o segurou pelo braço.

— Calma, capitão! Sente-se. Vamos beber mais um pouco.

Outra garrafa foi aberta e a discussão recomeçou em altos brados.

A aguardente produzia efeitos diferentes nos homens que negociavam. Quanto mais bebia, mais Tamango cedia nas suas pretensões, já Ledoux não cessava de reduzir suas ofertas.

Por fim, após todas as garrafas serem esvaziadas, eles chegaram a um acordo. Em troca de 160 escravos, o francês entregaria três barricas de aguardente, cinquenta espingardas avariadas, pólvora e tecidos de má qualidade.

Quando se levantaram para selar o acordo, Ledoux apertou a mão de Tamango, que estava completamente grogue, e disse:

— Trato feito! Agora vou mandar retirar esses horríveis pedaços de pau do pescoço dessa pobre gente. Colocaremos neles golilhas e algemas de ferro porque a civilização europeia é muito superior à da África.

— Faço um preço bom pela gente que sobrou — disse Tamango, apontando para cerca de trinta cativos que o capitão se recusara a comprar. — Uma garrafa de aguardente por cabeça.

Ledoux ficou pensativo por um tempo porque a oferta era tentadora. Se reduzisse ainda mais o espaço para circulação no porão, poderia acomodar mais alguns escravos.

— Aceito! — disse por fim. — Vou levar mais vinte. Quero todos os meninos e algumas mulheres.

Depois que os escolhidos se juntaram ao grupo que seria embarcado no *Esperança*, Tamango fez uma proposta para vender os dez restantes:

— Quero um copo de aguardente por cabeça.
— Esses aí eu não aceito nem de graça! — retrucou o francês, que queria voltar logo para o seu navio.
— Mas eu não sei o que fazer com essa gente, capitão!
— Esse é um problema seu, não é meu.
— Pois vou resolver o problema — Tamango apontou o fuzil para um dos velhos que restavam e fez fogo.

3
RAINHA

NO MOMENTO em que Tamango apertava o gatilho, uma de suas esposas puxou-lhe o braço.

Ao perceber que o velho não fora atingido, Tamango ficou furioso e esbofeteou a mulher.

— Aquele homem é um feiticeiro! — gritou ela, caída ao chão. — Ele previu que eu vou ser rainha.

— Rainha? — Tamango voltou-se para Ledoux. — Capitão, o senhor aceitaria uma rainha de presente?

Depois de examinar atentamente a mulher, que era muito bonita, Ledoux, sorrindo, pegou-a pela mão.

— Arranjarei um bom lugar para você no meu navio.

Assim que o francês partiu com os escravos que comprara, o tradutor se aproximou de Tamango e entregou a ele uma tabaqueira de papelão.

— Eu lhe dou isso pelos escravos que restam.

Como o africano aceitasse a oferta, o tradutor livrou os cativos dos forcados.

— Agora vocês estão livres. Podem ir embora.

— Para onde? — perguntou uma menina magricela.

— Para a terra de vocês.

— É muito longe — retrucou ela. — São oito luas de caminhada.

O tradutor virou as costas para a garota e caminhou em direção ao rio. Ao passar pela cabana percebeu que Tamango dormia a sono solto.

Preocupado com os navios ingleses que combatiam o comércio negreiro naquela zona, o capitão Ledoux embarcou os escravos o mais rápido que pôde.

4
JUSTIÇA DIVINA

NO DIA SEGUINTE, ao despertar, ainda atordoado pela bebedeira, Tamango correu os olhos em volta.

— Onde está Aicha?

— Ela contrariou nosso grande chefe — respondeu um de seus ajudantes. — Por isso, ela foi dada de presente ao capitão francês, que a levou para o seu navio.

Ao recordar-se do que acontecera, Tamango deu um forte murro na própria cabeça. Depois agarrou o fuzil e saiu correndo. Como o rio fazia muitas curvas até desembocar no oceano, ele cortou caminho pelo meio da floresta. Queria chegar a uma pequena enseada que ficava perto da foz do rio.

Ao alcançar a enseada, Tamango viu o *Esperança* avançando preguiçosamente em direção ao mar. Foi então até o lugar onde mantinha uma canoa escondida sob as ramagens, empurrou-a para a água e remou em direção ao brigue.

O capitão Ledoux ficou surpreso ao ver que era Tamango quem estava na canoa que se aproximava velozmente.

— Quero minha mulher de volta! — gritou o africano.

— O que está dado, está dado — respondeu o francês. — É muito feio pedir de volta aquilo que se deu por livre e espontânea vontade.

Tamango subiu a bordo do *Esperança*.

— Capitão, eu devolverei todas as mercadorias em troca de Aicha!

— Não. Aicha é ótima pessoa. Vou ficar com ela.

O mercador de escravos começou a chorar copiosamente. Soltando pungentes gritos de dor, jogou-se ao chão e bateu a cabeça contra as tábuas do piso.

— Sem Aicha, eu não conseguirei viver!

Impassível, Ledoux levantou o braço estendido e apontou para a floresta.

— Está na hora de ir embora, Tamango.

— Além das mercadorias, capitão, eu lhe darei também o meu sabre e a minha espingarda!

O imediato se aproximou de Ledoux e se dirigiu a ele em voz baixa:

— Capitão, três escravos morreram durante a noite. Por que não agarramos esse rapagão que deve valer mais do que os três mortos juntos?

— Você tem razão —murmurou Ledoux. — Essa viagem pode ser ainda mais lucrativa. Como vou me aposentar depois dela, pouco me importa ficar com má fama por causa de um traficante de escravos.

— A praia está deserta — acrescentou o imediato. — O tolo está em nossas mãos.

— Mas antes temos de desarmá-lo — ponderou Ledoux. E, em voz alta, dirigiu-se a Tamango: — Deixe-me ver o seu fuzil. Quero verificar se ele vale tanto quanto a bela Aicha.

No instante em que o capitão se apossava da arma, o imediato arrancou o sabre de Tamango. Imediatamente dois marinheiros grandalhões se atiraram sobre o africano e o derrubaram. Tamango, porém, resistiu heroicamente. Graças à sua força prodigiosa, conseguiu livrar-se dos dois marinheiros e pôr-se de pé. Afastou com socos potentes mais três outros marujos e se lançou contra o imediato a fim de recuperar seu sabre. No entanto, dando um passo atrás, o imediato desferiu-lhe um forte golpe na cabeça, causando-lhe um corte extenso, mas pouco profundo.

Quando Tamango caiu pela segunda vez, zonzo e ensanguentado, os marinheiros amarraram-lhe as mãos e os pés.

Enquanto se debatia como um animal apanhado em uma armadilha, o caçador de escravos soltava gritos de raiva. Mas logo que se viu amarrado fechou os olhos e imobilizou-se. Só pela sua respiração ofegante era possível perceber que estava vivo.

— Seus irmãos do porão ficarão muito contentes ao descobrir que você também virou escravo — disse Ledoux. — Agora, eles terão certeza de que existe mesmo a justiça divina.

Como Tamango perdia muito sangue, o tradutor ajoelhou-se ao lado dele, fez-lhe um curativo e disse-lhe umas palavras de consolo. O africano, porém, se manteve imóvel e mudo como um cadáver. Depois, dois marujos o arrastaram como se fosse um saco de batatas e o jogaram ao porão.

5
UM GRITO DE FÚRIA

OS ESCRAVOS FICARAM ESPANTADOS ao ver Tamango, mas, como ainda sentiam muito medo do homem que os condenara ao cativeiro, nenhum teve coragem de se dirigir a ele.

Durante dois dias o caçador de escravos não comeu, não bebeu e sequer abriu os olhos.

Favorecido por um bom vento soprado de terra, o *Esperança* afastou-se rapidamente da costa africana.

Já despreocupado em relação aos cruzadores ingleses, o capitão Ledoux só pensava no lucro excepcional que obteria com aquela viagem.

— Nossa mercadoria é muito boa — comentou com o imediato. — Até agora só perdemos doze peças. Uma ninharia. Felizmente, ninguém morreu de doença.

Para que os escravos suportassem melhor a travessia, Ledoux ordenou que fossem conduzidos em pequenos grupos, todos os dias, ao tombadilho. Cada grupo permanecia ali por uma hora, vigiado por marinheiros armados.

— Respirem fundo, meus queridos! — dizia o capitão. — Respirem fundo porque daqui a pouco vocês terão de voltar ao porão.

Depois de algum tempo, já recuperado do ferimento, Tamango subiu pela primeira vez ao convés. Caminhando de cabeça erguida, encaminhou-se até a amurada e lançou um olhar triste ao oceano. De repente, deixou-se cair para trás, sem se preocupar com as algemas que tinha nos pulsos ou com os grilhões que carregava em torno dos calcanhares.

Aquela cena foi observada por Ledoux que fumava seu cachimbo no castelo de popa. Ao lado dele, segurando uma bandeja com bebidas, estava Aicha, usando um belo vestido de algodão azul e trazendo nos pés lindas sandálias de couro.

Um escravo que odiava Tamango parou ao lado dele e, lentamente, ergueu o braço com o indicador apontando na direção do capitão do *Esperança*.

Tamango acompanhou com os olhos o gesto do homem. Quando viu sua ex-mulher, soltou um grito de fúria, levantou-se de um salto e correu em direção a ela. Os marinheiros que estavam de guarda não tiverem tempo de segurá-lo.

— Aicha! — gritou ele, furioso. — Na terra dos brancos também existe Mama-jumbo!

A mulher soltou um grito de terror, baixou o rosto e começou a chorar.

Os marinheiros se aproximaram de Tamango empunhando porretes, mas ele, de braços cruzados, já se encaminhava ao porão.

6
UMA GRANDE ABÓBORA OCA

LEDOUX CHAMOU O TRADUTOR.
— Quem é esse Mama-jumbo que causou tanto terror em Aicha?
— Mama-jumbo é o demônio africano que ataca as mulheres que abandonam seus maridos.
— Mas você não acredita em demônios, não é?
— Não, senhor — respondeu o tradutor, sorrindo zombeteiramente.
— Mas eu já vi Mama-jumbo...
— Me conte essa história.
— Certa vez fui conhecer uma aldeia. Quando cheguei lá, as mulheres cantavam e dançavam. De repente, escutamos uma melodia estranha e assustadora que vinha de um bosque próximo. Não se via um só músico, mas era possível ouvir claramente o som de guitarras feitas com cabaças, de tambores, de tamborins de madeira e de flautas de cana. As mulheres entraram em pânico e teriam saído correndo dali caso seus maridos não as segurassem. Vimos então sair do mato um vulto branco. Era muito alto e possuía uma cabeça enorme, na qual se podia ver uma bocarra e dois olhos bem redondos. O mais assustador é que no fundo da boca e dos olhos havia um brilho que lembrava fogo. Enquanto a aparição avançava em direção à aldeia, as mulheres gritavam histéricas: "Mama-jumbo! Mama-jumbo!". O vulto se deteve a uns cem metros de onde estávamos. Aí, um velho da aldeia se pôs a gritar: "Mulheres, se vocês não se comportarem direito, Mama-jumbo vai comer vocês todas, vivas!".

O capitão soltou uma gargalhada e indagou:
— De que era feito o tal Mama-jumbo?
— Ele era formado por dois homens, um sentado no ombro do outro, ambos cobertos por um lençol branco — explicou o intérprete. — O de cima segurava na mão um pedaço de pau, na ponta do qual estava amarrada uma grande abóbora oca com uma vela acesa dentro dela.
— Mama-jumbo! — Ledoux sorriu. — É uma interessante criação africana que deveríamos adotar na França... Mas agora vá até Tamango e diga a ele que, caso se atreva a assustar Aicha de novo, o couro dele vai entrar em contato com o couro do meu chicote.

A seguir, voltou-se para Aicha e tentou acalmá-la, mas ela continuou a chorar inconsolável.

No meio da noite, quando a tripulação dormia, os homens que estavam de guarda no navio escutaram um canto fúnebre, grave e solene, entoado por uma voz masculina.

O canto só cessou depois que se ouviu um estridente grito feminino, um grito de terror.

No mesmo instante, Ledoux deixou seu camarote praguejando e estalando seu temível chicote.

7
O INSTRUMENTO DOS DEUSES

NO DIA SEGUINTE, Tamango apareceu no convés com uns cortes no rosto, cortes resultantes de chibatadas, mas sua postura era ainda mais altiva.

Ao vê-lo, Aicha, que se encontrava sentada ao lado de Ledoux, correu até ele.

— Perdão! — implorou. — Perdoe-me, Tamango!

O traficante de escravos encarou-a fixamente por um tempo até que, quase sem abrir a boca, murmurou:

— Uma lima! Eu preciso de uma lima de aço!

A seguir, deitou-se no tombadilho e virou as costas para sua ex-esposa, que retornou à popa.

— Você está proibida de falar novamente com esse bandido! — rosnou o capitão.

— Sim, senhor — concordou Aicha, aliviada por Ledoux não lhe ter perguntado sobre o que falara com seu marido.

A partir daquele dia, Tamango passou a conversar com os escravos. Dizia a eles que deveriam fazer um esforço para recuperar a liberdade.

— Vocês já notaram que somos muito mais numerosos que os brancos? Há dez de nós para cada um deles. Além disso, eles estão ficando desatentos. Como acham que estamos acomodados a essa situação, já não nos vigiam com tanta atenção.

— Se dominarmos os brancos, o que faremos depois? — perguntou um rapaz. — Nenhum de nós sabe como dirigir esse navio.

— Eu sei.

— Onde você aprendeu?

— Eu tenho poderes ocultos.

— Não sei se devemos, Tamango.

— Deixe de ser covarde! Depois de dominar os brancos, nós nos livraremos dos africanos medrosos como você. Vamos jogar vocês aos tubarões.

Aos poucos, com sua lábia, Tamango foi vencendo a desconfiança dos homens que só estavam reduzidos à condição de escravos porque ele os havia capturado e vendido.

Certo dia, um dos cativos pediu a Tamango que iniciasse logo a rebelião.

— Calma! Quando chegar a hora, eu receberei um sinal.

— Como?

— Num sonho. Os deuses só falam comigo quando estou dormindo.

Certa manhã, Aicha entregou a Tamango um biscoito dentro do qual havia uma pequena lima com arestas cortantes.

À noite, para que os cativos não ouvissem o ruído da lima contra as algemas, Tamango murmurava palavras incompreensíveis e soltava gritos abafados. As entonações que dava à sua voz faziam com que seus companheiros acreditassem que ele estava conversando com seres invisíveis. Uns chegavam a tremer só de imaginar que ele pudesse falar com os demônios.

Certa noite, depois de soltar um grito de alegria, Tamango pôs seu plano em andamento.

— Irmãos! — sussurrou. — Finalmente, o espírito que tanto invoquei me entregou o instrumento da nossa libertação. A partir de agora só precisaremos de coragem para alcançar a liberdade.

Tamango passou então a lima ao homem que estava ao seu lado.

— Pegue! Esse é o instrumento que me deram os deuses.

— Para que serve isso?

— Servirá para serrar as algemas de vocês... As minhas já foram serradas pelos espíritos.

Após um murmúrio de espanto correr o porão, Tamango voltou a falar:

— Depois de livre, entregue a lima ao homem que está ao seu lado. Ela é bem áspera. Basta esfregá-la com força contra a algema para que o ferro se parta. Em pouco tempo vocês estarão livres, mas ninguém arrancará as algemas antes de uma ordem minha. Nós só nos livraremos delas quando chegar o momento da nossa libertação e vingança. Compreenderam bem?

Em um vozerio surdo, todos responderam afirmativamente.

— Então, agora, vocês farão um juramento de obediência ao meu comando. Só depois que todos empenharem sua palavra, eu ensinarei a vocês o plano infalível que os deuses me inspiraram para vencer os brancos.

8
GRITOS DE GUERRA

NO DIA EM QUE EXPLODIRIA A REBELIÃO a bordo do *Esperança*, o capitão Ledoux acordou de bom humor. Saiu sorrindo de seu camarote e avançou assobiando pelo tombadilho.

O imediato aproximou-se dele.

— Senhor, um marinheiro dormiu enquanto estava de vigia à noite. Posso aplicar nele as vinte chibatadas de costume?

— Não. Hoje, não. Nossa viagem está sendo ótima, pois não enfrentamos nem calmarias nem tormentas. Já estamos bem próximos da Martinica e eu logo vou receber um belo dinheiro por essa carga. Aliás, darei a todos vocês uma gorda comissão.

Espantado com aquela resposta, já que Ledoux costumava punir severamente as falhas dos seus subordinados, o imediato suspirou fundo e indagou:

— Quanto aos escravos, senhor, posso mandar subir o primeiro grupo?

— Sim.

Ao chegar ao convés, os cativos se mantiveram imóveis por algum tempo respirando com gosto o ar puro. Depois, formaram uma roda e começaram a dançar. Calcavam os pés com força na madeira do convés e batiam palmas com tanto vigor que pareciam estar duas vezes mais carregados de ferro. Todos já tinham limado seus grilhões e bastaria um pequeno puxão para que se rompessem.

Tamango comandava o canto guerreiro. De repente, aparentando cansaço, estendeu-se no chão perto de um jovem marinheiro. Os demais escravos o imitaram, deitando-se perto dos outros marujos da guarda.

Depois de romper silenciosamente suas algemas, Tamango soltou um grito poderoso:

— Ataque!

Segurou as pernas do jovem marinheiro e, com um puxão violento, o derrubou. Imediatamente colocou um joelho sobre o peito dele, arrancou-lhe a espingarda e, com ela, disparou na direção do imediato.

Imitando seu líder, os escravos subjugaram e desarmaram todos os marinheiros que estavam no convés.

Gritos de guerra ecoaram então por todo o navio.

Tamango avançou em direção ao imediato ferido e deu-lhe um golpe na cabeça com a coronha da espingarda.

Vindos do porão, os escravos espalharam-se pela coberta. Os que não conseguiram encontrar armas, apanharam os remos dos botes.

Alguns marinheiros se refugiaram no castelo da popa.

Ao perceber que Tamango chefiava o motim, o capitão Ledoux decidiu enfrentá-lo. Sabia que só controlaria a rebelião se o dominasse. Empunhando seu sabre, avançou com largas passadas.

— Venha cá, Tamango! Venha me enfrentar, bandido desprezível!

Ao ver o capitão, o caçador de escravos imediatamente se precipitou na direção dele segurando a espingarda pelo cano, como se fosse um porrete.

Os dois se defrontaram na passagem que fazia a ligação entre o castelo de proa e o de popa. Começou então uma luta encarniçada.

9
A LUTA

ERAM AMBOS GRANDES LUTADORES.

Tamango atacou primeiro, mas Ledoux evitou o golpe com um rápido movimento de recuo. Ao chocar-se contra o piso, a coronha da espingarda rompeu-se ao meio e o cano escapou da mão de Tamango.

Vendo seu inimigo desarmado, o francês sorriu diabolicamente e ergueu o braço para desferir-lhe um golpe mortal. Tamango, porém, com a agilidade de uma pantera, voou sobre o francês e segurou-lhe a mão que empunhava a arma.

Caíram rolando pelo chão. Ledoux lutava para conservar seu sabre, Tamango queria tomá-lo. De repente, o francês ficou por cima, aparentemente em vantagem, mas o africano o segurou com todas as suas forças, ergueu o tronco e deu-lhe uma mordida no pescoço. O sangue manou do ferimento. Logo Ledoux soltou a arma e desmaiou. Imediatamente o africano apanhou o sabre e, com uma estocada certeira no coração, matou seu oponente.

Recuperado do golpe que recebera de Tamango, o imediato resistiu na popa. Colocou-se junto a um pequeno canhão que girava sobre um eixo e passou a acioná-lo com a mão esquerda, enquanto se defendia com o sabre na direita. Fez muitas vítimas e lutou com bravura até cair mortalmente ferido.

Todos os marinheiros, até mesmo o bondoso tradutor, acabaram sendo mortos pelos revoltosos e seus corpos foram jogados ao mar.

10
A RODA DO LEME

TODOS OS ESCRAVOS estavam sobre o convés e nenhum deles portava algemas ou grilhões.

Com suas velas enfunadas, o navio deslizava suavemente parecendo obedecer ainda às ordens dos brancos.

Um homem conhecido como feiticeiro subiu num mastro, de onde podia ser visto por todos, e de lá, erguendo os olhos para o céu, gritou:

— Deuses dos brancos, ajudem-nos! Levem-nos de volta à nossa terra!

— Será que os deuses dos brancos nos ajudarão? — perguntou um rapaz. — Nós acabamos de matar os filhos deles.

O feiticeiro voltou a falar:

— O homem que comandou nossa rebelião tem o dever de nos levar de volta à África!

De repente, todos começaram a gritar:

— Tamango! Tamango! Tamango!

As vozes foram se alteando, insistentes, mas o caçador de escravos não apareceu no convés. Estava no camarote de popa, de pé, com a mão direita apoiada no sabre ensanguentado. A mão esquerda ele estendia para que Aicha, ajoelhada, a beijasse.

— Só vejo inquietação e medo no seu rosto, querido — disse Aicha. — Não percebo nos seus olhos a alegria de uma grande vitória.

Tamango nada respondeu. Como era o mais bem informado entre os africanos, tinha uma clara noção da difícil situação em que se encontravam.

Depois de escutar por um bom tempo o clamor dos que o chamavam, ele deixou o camarote. Ao se defrontar com a multidão, mostrou-se calmo e determinado.

— Leve-nos de volta para casa! — gritou um menino.

Em silêncio, com passos lentos e solenes, o líder do motim dirigiu-se ao leme.

Os cativos sabiam que aquela misteriosa roda e a caixa colocada na sua frente exerciam grande influência sobre os movimentos do navio.

Enquanto examinava demoradamente a bússola, Tamango movia os lábios como se estivesse lendo os caracteres nela gravados. Depois levou a mão à testa, como que refletindo sobre o que faria a seguir.

Formando um círculo apertado em torno do leme, homens, mulheres e crianças esperavam ansiosos por uma decisão daquele que os comandava.

Por fim, entre confiante e amedrontado, Tamango moveu bruscamente a roda do leme.

11
AGUARDENTE

AQUELA MANOBRA DESAJEITADA fez o *Esperança* dar um salto sobre as ondas, como um cavalo ferido pelas esporas de um cavaleiro inexperiente. Parecia que o navio, indignado, queria mergulhar levando para o fundo aquele piloto inábil.

Como a relação entre a direção das velas e a do leme fora rompida de modo brusco, o navio inclinou-se tão violentamente que seus dois longos mastros tocaram a água. Algumas mulheres e meninos foram projetados por cima da amurada.

Imediatamente o *Esperança* reergueu-se sobre as ondas, porém uma forte lufada de vento quebrou-lhe os mastros, que se romperam dois metros acima do convés. Soltando gritos de pavor, todos correram para as escotilhas.

Em seguida, como o vento não enfrentasse mais a resistência das velas, o *Esperança* passou a balançar suavemente sobre as ondas.

Os mais corajosos deixaram o porão e começaram a limpar o convés dos detritos que o obstruíam.

Com Aicha a seu lado, Tamango permanecia com o cotovelo apoiado sobre a caixa que continha a bússola, a mão espalmada ocultando o rosto.

Pouco a pouco, vagarosamente, os cativos foram se aproximando deles. Estavam furiosos e rosnavam ameaças. O que de início era um murmúrio logo se transformou em uma tempestade de injúrias e ofensas.

— Traidor! — gritou um homem. — Você foi a causa de todos os nossos males. Você nos vendeu aos brancos. Depois nos meteu em uma revolta insensata prometendo que nos levaria de volta à nossa terra. Fomos tolos em acreditar em você.

— O pior é que você ofendeu os deuses dos brancos — acrescentou o feiticeiro. — Agora, eles querem se vingar de nós.

De repente, Tamango ergueu altivamente a cabeça com um movimento tão vigoroso que os que o cercavam recuaram assustados. Apanhou dois fuzis e fez um sinal para Aicha, ordenando a ela que o acompanhasse.

Os dois passaram pelo meio da multidão silenciosa e se dirigiram à proa do navio. Lá, alinhando vários tonéis, Tamango criou uma espécie de muralha sobre a qual se destacavam os canos dos seus fuzis. Por fim, postou-se no centro daquela fortificação improvisada.

Os escravos permaneceram imóveis, enquanto Tamango se entrincheirava, mas depois, aos poucos, se entregaram ao desespero. Uns choravam. Outros praguejavam em voz alta. Muitos se ajoelhavam diante da bússola e pediam-lhe ajuda para voltar à sua terra.

— Perdão, deuses dos brancos! — repetia o feiticeiro.

No intervalo entre os gritos dos aflitos, era possível escutar o lamento dos feridos espalhados pelo convés. Dezenas de homens, mulheres e crianças atingidos pelos mastros e velas imploravam por socorro.

De repente, vindo do porão de carga, um homem soltou um grito de euforia. Todos se voltaram para ele. Com o rosto radiante, visivelmente embriagado, ele anunciou:

— Achei os tonéis de aguardente!

Aquela notícia calou por um instante os gritos dos sofredores.

O homem que descobrira a bebida voltou ao porão de carga seguido por um grande grupo de escravos.

Uma hora depois todos estavam de volta ao tombadilho. Cantavam e dançavam freneticamente. Seus cantos se confundiam com os gemidos dos feridos. A festa dos embriagados atravessou o resto do dia e a noite inteira.

12
NAUFRÁGIO

NA MANHÃ SEGUINTE, ao despertar, todos caíram em desespero.

Como muitos haviam morrido durante a noite, foi preciso jogar seus corpos ao mar.

O navio vogava cercado de cadáveres sob um céu de nuvens escuras.

Reunidos na popa, alguns homens conferenciavam. Dois ou três deles alegavam ter poderes mágicos. Um depois do outro, esses pretensos bruxos dançaram e cantaram pedindo ajuda aos deuses, mas o navio permaneceu parado em meio à calmaria.

O desânimo foi crescendo até que um velho apresentou uma proposta:

— Vamos voltar a conversar com Tamango. Mesmo sendo um criminoso cruel, ele é muito inteligente.

— Sim, precisamos da ajuda dele — concordou um jovem muito alto.

— Se há a bordo uma pessoa que pode nos tirar dessa terrível aflição, essa pessoa é Tamango.

O velho foi enviado como mediador.

— Poderoso Tamango, nós precisamos do seu conselho.

O caçador de escravos não respondeu ao velho.

Na noite anterior, aproveitando-se da confusão a bordo, ele descera ao porão e de lá voltara com um bom estoque de água, carne salgada e biscoitos. Estava decidido a viver com Aicha em seu abrigo.

Frustrados com a indiferença de Tamango, homens e mulheres voltaram a se embriagar. A bebida os fazia esquecer a morte que se aproximava. Depois, dormindo, sonhavam com belas florestas, com aconchegantes cabanas de teto de palha e com baobás imensos.

No dia seguinte, tudo se repetiu.

Ao fim de alguns dias, muitos morreram pelo excesso de ingestão de bebida, outros em consequência de lutas fatais. Enlouquecidos pelo desespero, muitos se jogaram ao mar.

Certa manhã, Tamango deixou seu refúgio e avançou até o toco do mastro principal.

— Irmãos! — gritou com sua voz poderosa. — O espírito de um dos nossos ancestrais me revelou em sonho o que devo fazer para levar vocês de volta à mãe África.

Logo se formou um apertado cordão de esperançosos seres humanos em volta de Tamango, que discursou:

— Eu não deveria ajudar vocês, ingratos! Eu deveria abandoná-los à própria sorte, mas eu me comovi com o choro das mulheres e crianças e resolvi perdoá-los.

Todos baixaram a cabeça, envergonhados.

— Os brancos conhecem as palavras mágicas que movimentam as grandes casas de madeira que flutuam sobre o mar. Mas nós, que temos braços fortes, sabemos dominar as pequenas canoas.

Tamango apontou então para a chalupa e os botes que estavam amarrados no convés do navio.

— Olhem! Essas canoas são só um pouco maiores do que as nossas. Vamos carregá-las com água e comida. Depois, remaremos na direção em que soprar o vento porque os bons espíritos soprarão o vento na direção certa.

Uma gritaria entusiasmada saudou aquela frase.

— Remando sempre em linha reta, chegaremos a uma terra de homens e mulheres da nossa cor. Minha mãe me ensinou que os negros são donos de todas as terras e que os brancos só vivem sobre as águas em cabanas de madeira.

Os preparativos foram concluídos rapidamente.

Como apenas a chalupa e um bote estavam em condições de uso e neles não havia como acomodar os oitenta sobreviventes, foi decidido que os feridos e os doentes seriam abandonados a bordo do *Esperança*.

— Por favor, matem-me antes de ir embora — gritou um velho.

Sobrecarregados com víveres e tonéis de água, os dois barcos foram colocados com grande dificuldade no mar agitado. Depois, todos embarcaram.

O bote foi o primeiro a se distanciar do *Esperança*. Tamango e Aicha estavam na chalupa que, bem mais pesada e carregada, avançava vagarosamente.

Do mar era possível escutar os gritos desesperados dos que haviam sido deixados a bordo.

De repente, uma onda muito forte atingiu o costado da chalupa, que ficou cheia de água e afundou em menos de um minuto.

Os que estavam no bote remaram então com força ainda maior para se afastar dali porque não queriam recolher os náufragos.

Apenas doze dos que estavam na chalupa conseguiram nadar de volta ao *Esperança*. Agarrados aos cabos, eles subiram até a amurada e pularam para bordo. Entre eles estavam Tamango e Aicha.

Ao final da tarde os sobreviventes ainda podiam ver ao longe a silhueta do bote.

13
UMA CHAMA NA ESCURIDÃO

COMO DESCREVER O HORROR dos dias seguintes?

Vinte pessoas, ora queimadas pelo Sol ardente, ora sacudidas pelo mar furioso, disputavam o que sobrara de alimento no porão.

Nada pode ser mais terrível do que o suplício conjunto da fome e da sede. Quanto mais se aproximava o final do estoque de comida e de água, mais as pessoas queriam comer e beber.

Homens e mulheres lutavam por um biscoito. Os fracos morriam não porque os fortes os matassem, mas porque os fortes os deixavam morrer à míngua.

Por fim, só restaram Tamango e Aicha.

Certa noite, quando o vento soprava com violência e a escuridão era total, os dois se encontravam no camarote do capitão Ledoux. Tamango estava sentado no chão e Aicha estava deitada em uma esteira.

Depois de um longo período de silêncio, a mulher falou em voz suave e doce:

— Querido, todo esse sofrimento nasceu do seu amor por mim.

— Sofrimento? Não! Sou orgulhoso demais para admitir que estou sofrendo.

Tamango levantou-se e jogou ao lado de Aicha a metade do último biscoito que restava.

— Não quero! — reagiu a mulher. — Fique com esse biscoito para você. Não tenho mais fome. Nunca mais terei.

O traficante de escravos saiu cambaleante do camarote e foi sentar-se ao lado do mastro destruído.

De repente, ele escutou um grito estridente que se sobrepôs por um instante à fúria do vento e do mar. Uma luz cintilou no negrume da noite. A seguir, ouviu vários outros gritos. Viu então a silhueta negra de um imenso navio que deslizava rente ao *Esperança*. Pareceu-lhe que os mastros daquele navio-fantasma passavam-lhe por cima da cabeça.

Vislumbrou a seguir dois vultos iluminados por uma lanterna presa em um mastro. Aqueles dois homens, certamente de guarda, haviam gritado ao avistar o *Esperança*.

Logo depois Tamango viu brilhar uma chama na escuridão, ao mesmo tempo que escutava o estrondo de uma explosão. Haviam disparado um tiro de canhão. Outro tiro foi disparado em seguida.

Depois, nada. Só silêncio e escuridão.

No dia seguinte, nenhuma vela aparecia no horizonte.

Tamango voltou ao camarote e deitou-se ao lado da esteira sobre a qual se encontrava o corpo de Aicha, que falecera durante aquela noite.

14
LIBERDADE

DIAS DEPOIS, os marinheiros de uma fragata inglesa, chamada *Belona* (deusa da guerra), avistaram uma embarcação sem mastros que talvez tivesse sido abandonada pela tripulação.

Uma chalupa foi baixada ao mar e alguns homens, entre os quais o médico de bordo, foram até o navio-fantasma.

No camarote do comandante encontram o corpo de uma mulher e, ao lado dela, um homem tão magro que mais parecia uma múmia. O médico o tratou tão bem que, quando o *Belona* chegou a Kingston, na Jamaica, ele já havia recuperado sua saúde.

Tamango relatou às autoridades da ilha toda a sua história sem esconder um só fato.

Os plantadores de cana queriam que ele fosse enforcado como rebelde, mas o governador o perdoou, alegando que Tamango havia exercido um direito fundamental, o direito de legítima defesa.

Tamango foi tratado pelos ingleses do mesmo modo que eram tratados todos os escravos encontrados a bordo dos navios negreiros aprisionados. Deram-lhe a liberdade, mas forçaram-no a trabalhar para o governo da Jamaica em troca de comida e de uns poucos centavos.

Como Tamango era um belo homem, um coronel o convocou para ser o tocador de pratos na banda do seu regimento.

Tamango aprendeu um pouco de inglês, mas raramente falava. Em compensação, bebia rum exageradamente.

Morreu em um hospital, de complicações pulmonares.

BENITO CERENO
Herman Melville
Adaptação de Lourenço Cazarré

HERMAN MELVILLE.

Norte-americano, nasceu em Nova York em 1819 e faleceu na mesma cidade em 1891. Pode-se defini-lo como um escritor incompreendido em sua época. De família humilde, após a morte do pai, em 1832, teve de abandonar a escola e ajudar a mãe a sustentar os sete irmãos.

Arriscou-se em vários empregos; foi bancário, professor, fazendeiro, etc. Em 1839 serviu como marujo no navio mercante St. Lawrence e dois anos depois num baleeiro, percorrendo todo o Pacífico. Gostou tanto do estilo de vida dos nativos que abandonou o navio por algumas semanas, vivendo com eles nas ilhas Marquesas, na Polinésia Francesa. Outro barco, o baleeiro australiano Lucy Ann, tinha condições tão insatisfatórias que seus tripulantes se amotinaram contra os oficiais. Melville foi preso com a tripulação na ilha de Taiti.

Ao retornar aos Estados Unidos, usou essas experiências como assunto de seus livros Typee, de 1846, e Omoo, de 1847. Era uma época propícia para relatos de viagens. Muitos autores conseguiam prestígio e dinheiro publicando esse tipo de narrativa. Melville ficou otimista. No ano de 1847 casou-se com Elizabeth Shaw e em 1849 publicou o terceiro romance, Mardi. Da mesma forma que os outros livros, Mardi iniciava com uma aventura polinésia; no entanto, há uma postura introspectiva que desagradou o público.

O escritor e sua esposa mudaram-se em 1850 para uma fazenda em Pittsfield, Massachusetts, onde conviveram com o escritor Nathaniel Hawthorne, autor de A letra escarlate. De suas longas conversas, começou a surgir a ideia de Moby Dick, um romance ambicioso, com menos propensão a relato de aventuras do que uma séria reflexão moral sobre a condição humana. Por influência de Hawthorne, o livro foi publicado em Londres em 1851, sem grande destaque.

Benito Cereno consta do livro The Piazza Tales (1856), o último que Melville publicou em vida. Não foi bem recebido pela crítica; suas histórias sobre viagens, ilhas do Pacífico e aventuras no mar não eram tão populares como no início da carreira. Amargou vários anos de esquecimento; em carta a um amigo pergunta-se se a posteridade se lembrará dele apenas como "o homem que viveu entre canibais" (tema do livro Typee).

Sua morte em 1891 não foi publicada em nenhum jornal. A partir de 1920, sua obra começou a ser redescoberta e valorizada, e Herman Melville garantiu seu lugar no panteão dos maiores escritores de língua inglesa.

1
DESGRAÇA

EM 18 DE AGOSTO DE 1799, o *Perseverance* – navio americano dedicado à caça de focas, comandado por Amaso Delano – estava ancorado em Santa Maria, uma ilhota desabitada no litoral sul do Chile. Aportara ali para abastecer-se de água.

De manhã bem cedo, o piloto chegou apressado ao camarote do comandante.

— Capitão, um barco esquisito está entrando na angra.

Amaso Delano levantou-se às pressas.

— Poucos navios andam por esta região — disse, intrigado, enquanto se vestia. — Vamos vê-lo.

Saíram para o convés. Era um dia nublado. Usando a luneta, o capitão americano observou a embarcação que chegava.

— Que estranho! Ele não tem bandeira hasteada. Mesmo sendo esta ilha tão afastada, eles deveriam ostentar uma bandeira.

— Será um navio de piratas, capitão?

— Não, não acredito. O curioso é que está navegando próximo demais da terra! Se bate em um recife submerso, naufraga.

Como o nevoeiro lhe impedia uma boa visão do barco, o capitão abaixou a luneta, pensativo:

— Parece que o piloto vacila entre aportar ou não aportar.

O vento leve e inconstante aumentava a impressão de incerteza nos movimentos da embarcação.

Amaso Delano voltou-se para o piloto.

— Vou subir a bordo desse navio. Pode ter sofrido uma desgraça...

— Tenha cuidado, senhor!

— Mande baixar a baleeira!

— Ela já está no costado. Chegou há pouco com cestas de peixe que nossos homens pescaram na praia.

Assim que a baleeira partiu, o nevoeiro se dissolveu e Amaso Delano e seus marinheiros puderam ver melhor a embarcação recém-chegada.

— É um navio negreiro! —palpitou um dos marujos.

— É grande demais para ser um negreiro — acrescentou outro. — Parece ser um daqueles navios da Frota Real Espanhola que transportam ouro e prata para a Europa.

— Que desleixo! — comentou um terceiro. — Os mastros e os cordames não são limpos há muito tempo.

O nome da embarcação, cujas letras estavam corroídas pela ferrugem, era *Santo Domingo*.

2
MACHADINHAS

QUANDO CHEGOU AO CONVÉS do *Santo Domingo*, o capitão americano se viu cercado de uma multidão barulhenta de negros e brancos.

Em voz alta, falando ao mesmo tempo, todos relatavam seus sofrimentos. Pelo que diziam os brancos, em espanhol, o capitão compreendeu que o escorbuto e a febre haviam matado a maioria dos tripulantes, que o navio quase naufragara ao largo do cabo Horn, que enfrentara muitos dias de calmaria, que a comida estava quase acabando e que não havia a bordo mais uma gota de água potável.

Enquanto ouvia essas explicações, Amaso Delano observava atentamente ao seu redor. O que mais lhe chamou a atenção foi a presença de quatro velhos negros, sentados de pernas cruzadas em pontos estratégicos do navio, desfiando a estopa que era usada para vedar as fendas da embarcação. Enquanto trabalhavam, eles murmuravam uma melodia que lembrava uma marcha fúnebre.

Depois, na popa, que se elevava mais de dois metros sobre o convés, o capitão americano percebeu seis homens, também sentados de pernas cruzadas, cada um deles tendo na mão uma machadinha enferrujada. Pareciam entretidos em arear essas machadinhas e muitas outras, já que entre cada dois deles havia uma caixa com facas e machadinhas ferrugentas. Permaneciam calados e concentrados em sua tarefa, mas de vez em quando dois deles chocavam suas machadinhas com estardalhaço.

— Quem comanda este navio? — perguntou Amaso Delano.

Antes que alguém respondesse, aproximou-se dele um homem bastante jovem, elegantemente vestido à moda espanhola. Alto e muito magro, caminhava amparado por um negro franzino que o observava com atenção, carinhosamente.

Depois de lançar um olhar tristonho para os homens e as mulheres que o cercavam, aquele que parecia ser o comandante do *Santo Domingo* parou diante do recém-chegado, mas não pronunciou uma palavra.

— Sou Amaso Delano e estou às suas ordens — disse o americano, em espanhol, língua que dominava. — Estou pronto para ajudá-lo no que for preciso.

— Muitíssimo obrigado, capitão. Meu nome é Benito Cereno.

O americano voltou-se para seus marujos.

— Desçam à baleeira e tragam as cestas de peixe!

Depois que os peixes foram descarregados, o capitão deu uma nova ordem:

— Vão até o nosso navio e tragam tonéis de água, pão, abóboras, açúcar e uma garrafa de vinho.

3
SOFRIMENTO

TODOS OS ROSTOS que cercavam o capitão Delano, negros ou brancos, estavam muito magros, quase cadavéricos.

— Coragem, Dom Benito — disse o americano. — O senhor agora conta com um amigo. Além da água e da comida, eu vou ajudá-lo no que for possível.

Abatido física e mentalmente, Benito Cereno demorou a responder. Cofiando a barba, mordendo os lábios, sacudido por calafrios, murmurou com uma voz rouca:

— Eu lhe agradeço muito.

Enquanto caminhavam pelo convés, o escravo não soltava o braço de Dom Benito, que cambaleava de tão fraco.

— Vejo que o senhor tem um criado extremamente dedicado — comentou o americano.

— Sim, Babo é uma excelente pessoa. Ele é muito gentil.

— Mas os seus outros escravos não me parecem tão simpáticos — continuou Delano, sorrindo. —Aliás, percebo também que seus marinheiros não estão muito felizes.

Dom Benito nada respondeu.

"Parece que esse homem não se interessa pelo que lhe digo", pensou o americano. "Será um esnobe? Ou será apenas um homem reservado?"

— Dom Benito, me conte o que aconteceu realmente com seu navio para que eu possa ajudá-lo melhor.

Antes de responder, o espanhol baixou o rosto e concentrou o olhar desanimado no piso de madeira.

— Faz agora 190 dias que zarpamos de Buenos Aires em direção a Lima. A tripulação estava completa e eu tinha vários oficiais ajudantes. Além de cinquenta passageiros espanhóis, trazíamos uma grande carga de ferragens, erva-mate, gêneros alimentícios e…

Nesse ponto, Dom Benito demorou-se no exame dos africanos que estavam por perto.

— … e trazíamos também trezentas almas da África, que agora estão reduzidas a apenas 150… Ao largo do cabo Horn, enfrentamos ventos fortíssimos. Numa noite, em um minuto, perdi três dos meus oficiais e quinze marinheiros que morreram tentando arriar uma vela congelada… Para melhor enfrentar a tormenta, jogamos ao mar parte da carga e tonéis de água… Mais adiante, caímos em longas calmarias… Foi então que começou verdadeiramente o nosso sofrimento…

Sufocado por um repentino ataque de tosse, Dom Benito parou de narrar a história. Babo o segurou com firmeza com a mão esquerda, enquanto com a direita aproximava-lhe do nariz um frasco que continha um líquido estimulante.

4
CONTRASTE

DOM BENITO LOGO SE RECUPEROU, amparado por Babo, que mantinha os olhos fixos no rosto do comandante do *Santo Domingo*, aparentemente temeroso de que seu amo sofresse outro ataque de tosse. Quando o espanhol reatou a narrativa, sua fala era vagarosa, hesitante:

— Depois das tempestades na passagem pelo cabo Horn, fomos assolados pelo escorbuto. Muitos espanhóis e africanos morreram... Nossos mastros e velas ficaram avariados... Os marinheiros estavam muito fracos e eram poucos para manobrar o navio... Queríamos seguir no rumo Norte, mas ventos fortes nos empurraram por dias e noites para Noroeste. Quando os ventos cessaram, o *Santo Domingo* enfrentou calmarias e um calor sufocante. Estávamos quase sem água. As pessoas começaram a morrer de sede. A seguir, veio uma febre que matou muitos africanos e, proporcionalmente, ainda mais espanhóis. Faleceram todos os oficiais que me restavam a bordo... Mas o nosso sofrimento não cessava. Voltaram os ventos furiosos, soprando então na direção oeste. Nossas velas, rasgadas, tiveram de ser arriadas... A fim de procurar substitutos para os marinheiros e oficiais que haviam morrido decidi rumar para Valdívia, o porto mais próximo, mas o mar revoltoso me impediu de chegar até lá. Fomos jogados de um lado a outro por ventos contrários. Nas calmarias, aproveitávamos para jogar ao mar os nossos mortos...

Libertando-se do abraço de Babo, Dom Benito levantou o rosto:

— Agradeço muito aos africanos. Eles souberam enfrentar com serenidade o mais amargo sofrimento. O dono destes escravos tinha razão quando me garantiu que eles não necessitavam de grilhões. Confiava tanto neles que me pediu que não os jogasse no porão, como fazem os comandantes dos barcos que vêm de Angola.

Dom Benito voltou-se para o seu criado.

— Se há alguém a quem devo agradecer pela minha sobrevivência, depois de Deus, claro, esse alguém é Babo. Foi ele quem pacificou seus irmãos quando eles quiseram se amotinar...

Babo humildemente baixou o rosto e murmurou:

— Meu querido amo, meu estimado Dom Benito, este pobre escravo apenas cumpriu o seu dever.

Comovido por aquela cena, o capitão Delano dirigiu-se ao africano:

— Babo, eu lhe dou os meus sinceros parabéns pela sua fidelidade ao seu amo... Quanto ao senhor, Dom Benito, eu o invejo. Jamais conheci alguém que possuísse um servo tão dedicado. Pelo que vejo, Babo é mais um amigo que um escravo.

Ao observar o espanhol e o africano, um ao lado do outro, o capitão americano teve sua atenção despertada para o contraste entre as roupas. Dom Benito vestia uma folgada jaqueta de veludo, calças brancas de seda e botas de couro com fivelas de prata. Na cabeça, trazia um chapéu de palha fina e, na cintura, uma espada enfiada numa bainha de prata. Já Babo nada mais tinha sobre o corpo do que uma calça larga, feita com lona de vela, amarrada por um grosso barbante em torno da cintura.

5
BRINCADEIRA

NO SILÊNCIO QUE SE SEGUIU, Delano mergulhou nos seus pensamentos. De tudo que lhe dissera Dom Benito, ele estranhara que o navio tivesse enfrentado tantas calmarias naquelas latitudes...

Concluindo que o espanhol não tinha condições mentais para comandar o *Santo Domingo*, resolveu ajudá-lo.

— Dom Benito, além de alimentos e água, eu lhe cederei velas novas e equipamento náutico... E também lhe emprestarei três dos meus melhores marinheiros para que possa viajar até Concepción. Lá certamente o senhor conseguirá reequipar o seu barco para seguir até Lima.

O rosto de Dom Benito abriu-se num largo sorriso, mas ele não chegou a dizer uma só palavra porque Babo o puxou para o lado, enquanto se dirigia ao americano:

— Senhor, uma notícia como essa, tão maravilhosa, pode até fazer mal ao meu amo.

— Venha, capitão, vamos subir à proa — convidou Dom Benito. — Vamos apanhar um pouco de brisa.

Delano foi o primeiro a subir a escada que levava à proa, sobressaltando-se ao passar entre dois dos homens que limpavam machadinhas, embora eles estivessem totalmente concentrados no seu trabalho. Do alto da proa, assistiu a uma cena que lhe chamou a atenção.

Viu dois marinheiros espanhóis e três jovens escravos sentados junto à escotilha raspando restos de comida em uma travessa de madeira. De repente, furioso, um dos cativos empunhou uma faca e se pôs de pé. Um dos velhos que desfiavam estopa gritou para ele que se acalmasse, mas o rapaz não lhe deu ouvidos e golpeou um dos espanhóis na cabeça.

— O que significa aquilo? — perguntou o americano, espantado.

— Certamente foi uma brincadeira de rapazes. — Apressou-se Dom Benito, muito pálido, a responder.

— Brincadeira? Mas o marinheiro está sangrando! Se isso ocorresse no meu navio, aquele escravo seria punido com rigor.

— Sem dúvida! — respondeu o espanhol. — Certamente o senhor o puniria.

"Dom Benito é um fraco", pensou o americano. "Não exerce o comando como deveria."

Depois, para romper o silêncio constrangedor, apontou para os manipuladores de estopa:

— Aqueles quatro velhos parecem funcionar como professores, embora não sejam obedecidos. Foi o senhor quem os indicou para essa função, Dom Benito?

— Sim, fui eu.

— E aqueles outros? — Delano indicou os que limpavam machadinhas. — O que estão fazendo?

— Durante as tempestades, grande parte de nossa carga foi afetada pela ferrugem. Por isso, eu ordenei que eles polissem as machadinhas.

— Dom Benito, o senhor é proprietário só do navio e da carga ou também é dono dos escravos?

— Os escravos pertenciam ao meu falecido amigo Alejandro Aranda...

Emocionado, o espanhol interrompeu a frase ao meio. Seus joelhos fraquejaram e ele teve de ser apoiado por Babo.

— Seu amigo vinha nesta viagem? — indagou o americano.

— Sim.

— Morreu de quê?

Dom Benito demorou a responder.

— De febre.

6
PERDÃO

O SINO SOOU anunciando as dez horas.

O capitão Delano viu então um negro muito alto e forte avançar lentamente, de cabeça erguida, em direção a eles. Em torno do pescoço ele tinha um colar de ferro, do qual pendia uma grossa corrente que lhe dava três voltas pelo corpo até ser fechada por um cadeado na cintura.

— Aí vem Atufal, senhor! — murmurou Babo.

O homenzarrão subiu a escada e parou diante de Dom Benito.

"Deve ser algum rebelde", pensou o americano.

—Atufal espera sua pergunta, meu amo — disse Babo.

Com voz trêmula, Dom Benito dirigiu-se ao acorrentado:
—Atufal, você veio pedir o meu perdão?
O acorrentado permaneceu mudo.
— Insista, meu amo — sugeriu Babo.
—Atufal, peça-me perdão.
O homem acorrentado levantou vagarosamente os braços e depois os deixou cair ao lado do corpo, como se dissesse: "Estou bem assim".
— Vá embora! — ordenou o espanhol.
O grandalhão deu-lhe as costas e desceu a escada.
— O que esse homem fez? — quis saber Delano.
— Ele me afrontou — disse Dom Benito. — Por isso, ordenei que lhe colocassem correntes. Não mandei açoitá-lo porque um homem como ele, com um corpo tão forte, vale muito. Mas é extremamente arrogante, dizem que foi rei na África...
— Atufal era rei na sua terra — disse Babo. — Mas eu, o pobre Babo, era um simples escravo de um patrão negro.
Aborrecido pelo fato de um criado ter se intrometido numa conversa entre cavalheiros, o americano dirigiu-se ao comandante do *Santo Domingo*:
— Diga-me, Dom Benito: que ofensa lhe fez Atufal?
— O orgulhoso Atufal precisa pedir perdão — sussurrou Babo. — Só depois meu amo vai girar a chave que abre aquele cadeado.
O americano percebeu que uma chave pendia de um cordão de seda que envolvia o pescoço de Dom Benito.
Em seguida, sem dizer uma palavra, o espanhol e seu escravo se afastaram um pouco e começaram a cochichar.
Embaraçado com aquela descortesia, o americano virou o rosto para o lado. Percebeu então, junto à vela de ré, um jovem marujo espanhol que o observava com muita atenção.
"Quem é verdadeiramente Dom Benito?", perguntou-se o americano. "É um louco? Ou será um impostor se fingindo de capitão de navio?"

7
CONFIANÇA

DALI A POUCO, sempre apoiado em Babo, Dom Benito aproximou-se do capitão americano e passou a interrogá-lo.
— Há quanto tempo o senhor está nesta ilha, capitão?

— Chegamos anteontem, Dom Benito.
— Em que porto o senhor esteve por último?
— Em Cantão, na China.
— O que o senhor fez por lá?
— Troquei cinco mil peles de focas por seda e chás.
— O que lhe deram em troca? Só mercadorias? Ou o senhor recebeu parte do pagamento em dinheiro?
Visivelmente contrariado, Delano demorou a responder:
— Recebi uma quantia pequena.
— Quantos homens o senhor tem no seu navio?
O americano teve um estremecimento, mas respondeu:
— Mais ou menos vinte.
— Todos eles estão a bordo neste momento?
— Sim.
— E estarão lá hoje à noite?
O capitão Delano tentou encarar Dom Benito, mas este baixou o olhar. Ajoelhado diante do espanhol, mirando-o com um misto de curiosidade e temor, Babo ajeitava-lhe a fivela do sapato.
— O seu navio deve estar bem armado, não? — insistiu o espanhol.
— Claro — respondeu o comandante do *Perseverance*. — Temos um canhão, muitos mosquetes e arpões para caçar focas.
Dom Benito encerrou subitamente a conversa e afastou-se com Babo para a amurada oposta, onde recomeçaram a confabular.
Antes que pudesse refletir sobre o que estava ocorrendo, o americano teve sua atenção mais uma vez despertada pelo jovem marujo espanhol, que naquele momento vinha descendo pelo cordame. Quando o rapaz saltou para o convés, um golpe de vento inflou-lhe a camiseta. Espantado, o americano descobriu que, por baixo da camiseta grosseira, ele vestia uma fina camisa de linho.
Depois de mirar pelo canto do olho Dom Benito e Babo, o marinheiro encarou Delano.
"Esse rapaz quer me passar uma mensagem", pensou o americano. O som das machadinhas sendo afiadas tornou-se mais forte. "Será que Dom Benito e Babo estão conspirando contra mim?" Caminhou então até onde se encontravam o comandante espanhol e seu criado.
— Pelo que vejo, Dom Benito, Babo é muito mais que um simples criado. Na verdade, ele parece ser uma espécie de conselheiro que o senhor escuta com muita atenção.

Um largo sorriso estampou-se no rosto de Babo, mas Dom Benito estremeceu, como se picado por uma cobra. Depois, friamente, disse:
— Sim, tenho muitíssima confiança em Babo.

8
CONFUSÃO

O CAPITÃO DELANO deixou a popa.
Ao passar por uma escotilha, viu brilhar ali uma centelha e vislumbrou o mesmo jovem marinheiro que fechava a camisa como se escondesse algo e que se afastava a passos largos.
"O que brilhou na escuridão?", questionou-se o americano. "Será um sinal secreto?"
Depois, enquanto observava a corrente empurrar o *Santo Domingo* na direção do mar, o capitão refletiu sobre o que vira e escutara de estranho naquele navio.
O relato do comandante espanhol era confuso, quase inacreditável, mas o sofrimento que transparecia nas palavras dele e que podia ser observado no rosto dos que estavam a bordo era verdadeiro. Se a história de Dom Benito fosse mentirosa, ela precisaria ter sido ensaiada com todos os que estavam a bordo. Ora, isso era algo impossível... Além disso, havia também aquele interrogatório sobre o *Perseverance*... Por que Dom Benito fizera tantas perguntas sobre tripulação, armamentos e dinheiro?
"Estou imaginando coisas." O capitão sorriu e tentou acalmar-se. "Se fosse realmente um ladrão, ele não me faria tais perguntas."
Sua meditação foi interrompida pelos gritos de alegria dos escravos ao perceberem que a baleeira se aproximava carregada de água e alimentos.
Atraído pela gritaria, Dom Benito caminhou até o americano:
— Muito obrigado, capitão.
Quando ia responder, Delano teve sua atenção despertada por uma cena no convés. Dois cativos davam violentos empurrões em um marinheiro, apesar dos gritos de advertência dos desfiadores de estopa.
— Olhe só aquela confusão, Dom Benito! — disse o americano.
O cavalheiro espanhol teve então mais um fortíssimo e brusco acesso de tosse e teria caído caso Babo não o tivesse amparado.
De novo, comovido pela dedicação do escravo, Delano sorriu:

— Parabéns pelo seu Babo, Dom Benito. O senhor deve ter pago por ele uma quantia elevada. O senhor o venderia para mim? Eu pagaria por ele até cinquenta dobrões!

— Meu amo não se separaria de Babo nem por mil dobrões — murmurou o escravo.

Como Dom Benito continuasse a tossir, Babo o conduziu lentamente ao camarote.

9
RESMUNGOS

QUANDO FICOU SOZINHO, o capitão americano pousou seus olhos em um grupo de marinheiros espanhóis. Pareceu-lhe que alguns deles lhe retribuíam o olhar.

"Será que esses marujos querem me dizer alguma coisa?"

Decidido a interrogar um deles, dirigiu-se até onde estavam, mas teve dificuldade de ultrapassar a impenetrável barreira humana que os africanos formavam a sua frente. Eles só abriram caminho quando foram forçados a isso pelos gritos agudos dos desfiadores de estopa.

Delano avançou até um marinheiro idoso que emendava um cabo.

— Tudo bem com você, velho lobo do mar?

O homem de largas suíças grisalhas, que vestia calças vermelhas rasgadas e um gorro imundo, não levantou a cabeça.

— Hum, hum — grunhiu em resposta.

A seguir, o americano fez-lhe várias perguntas sobre as dificuldades que o *Santo Domingo* enfrentara na sua longa viagem, mas o marujo limitou-se a responder com resmungos desconfiados. Porém, em linhas gerais, confirmou a narrativa de Dom Benito.

10
NÓ

PENSATIVO, o capitão americano observava o que ocorria na coberta superior do navio.

Viu uma jovem deitada à sombra dando de mamar a seu bebê. Outras mulheres também cuidavam carinhosamente de seus filhos pequenos. Aquelas cenas o tranquilizaram.

"A natureza é isso", pensou. "Puro amor e ternura."

Depois, olhou ao redor. Dom Benito não estava à vista.

Ao se movimentar em busca de um lugar de onde pudesse observar melhor a aproximação de sua baleeira, o capitão teve a atenção despertada por um marinheiro espanhol. Meio escondido por trás de um monte de grossas correntes, ele parecia um índio de tocaia. Tendo na mão um instrumento de ferro, o marujo fez claramente um sinal de cabeça para o capitão, indicando um canto do navio onde não havia ninguém.

O americano ia seguir na direção apontada quando o marinheiro, alarmado por escutar os passos de alguém que se aproximava, subitamente desapareceu.

"Será que esse marinheiro quer se comunicar comigo às escondidas?"

Quando Delano se debruçou para tentar ver o seu bote, que estava por trás de uma ponta rochosa, a amurada cedeu como se fosse feita de carvão. Ele teria caído ao mar, caso não tivesse se agarrado a uma corda que pendia por ali.

Segurando na corda, suspenso no ar, oscilando sobre o mar, olhou para cima. Viu no alto um dos desfiadores de estopa e, mais abaixo dele, em um lugar onde ninguém poderia descobri-lo, o marinheiro, que ainda o mirava fixamente.

De volta ao convés, o americano aproximou-se de um marinheiro que não vira antes, um de cabelos grisalhos, rosto sério e tranquilo, que atava cordas, sentado perto da escotilha principal. Os escravos que o cercavam observavam atentamente o que ele fazia. Depois de verificar que o marujo trançava um intricado nó com várias cordas, ele o interrogou:

— O que está atando aí, meu velho?

— Estou fazendo um nó.

— Isso eu estou vendo, mas com que finalidade você o faz?

— Para que alguém o desate depois.

Após apertar bem o nó, o marinheiro grisalho o arremessou em direção ao capitão Delano.

— Desate-o e corte-o depressa! — disse, em inglês, com voz baixa e rapidamente.

Com o nó na mão, surpreso e confuso porque não entendera a ação do marujo, o americano não soube o que responder.

Um escravo de cabeleira branca, falando em espanhol, dirigiu-se ao comandante do *Perseverance*.

— Esse marinheiro sofre da cabeça, mas não é má pessoa... O senhor poderia me dar esse nó?

O capitão entregou ao velho as cordas amarradas e voltou seus olhos para o mar. A imagem de sua baleeira, bem próxima do *Santo Domingo*, o fez voltar às suas reflexões.

"Será que eu vou ser assassinado aqui no fim do mundo a bordo de um navio-fantasma assombrado?"

Sorrindo, Babo se aproximou:

— Capitão Delano, meu patrão já está recuperado daquele terrível ataque de tosse. Daqui a pouco ele se encontrará com o senhor.

11
MIGALHA

ERA QUASE MEIO-DIA.

Delano viu ao longe o marinheiro que lhe fizera aquele estranho sinal. Encostado à amurada, de braços cruzados, ele conversava com um africano.

"Que estranho é este barco", pensou o americano. "Que esquisitos são seus tripulantes! Que cenas estranhas assisti aqui! Vi um marinheiro ser esfaqueado, sem que houvesse uma reação de Dom Benito, que depois tratou com dureza um cativo que já foi rei na África. Vi também um marinheiro ser empurrado por dois escravos, que não foram punidos."

Quando a baleeira tocou o costado do *Santo Domingo*, os desfiadores tiveram que gritar para conter os escravos, agitados pela visão dos barris com água e da pilha de abóboras.

Dom Benito e seu criado reapareceram.

No começo da operação de transferência dos barris ao navio ocorreu um tumulto. Os tripulantes e os escravos do *Santo Domingo* avançaram para a amurada, cercando o capitão Delano, e um dos cativos mais afoitos chegou mesmo a empurrá-lo.

— Calma! — disse o americano, tranquilo. — Peço calma a todos!

— Sim, acalmem-se! — berrou furiosamente Dom Benito.

Nesse momento, os afiadores de machadinhas se levantaram, todos ao mesmo tempo. Alarmado, acreditando que aqueles homens obedeciam a uma ordem de Dom Benito para que o matassem, o capitão quase saltou para sua baleeira. Mas os quatro velhos desfiadores também se ergueram e, aos berros, fizeram recuar a multidão. Os amoladores de machadinhas voltaram à antiga posição.

Recomeçou a operação para içar os barris.

Ao perceber, mais uma vez, que o pálido e trêmulo Dom Benito se apoiava em Babo, Delano envergonhou-se de ter quase entrado em pânico.

Com os barris no convés, começou a distribuição de água. O capitão americano entregava os copos, indistintamente, a brancos e negros.

Em seguida, algumas abóboras foram cortadas em pedaços e rapidamente devoradas por marujos e escravos do *Santo Domingo*, igualmente famintos.

— Como temos poucos pães, vamos distribuí-los só entre os espanhóis — disse o capitão americano.

— De jeito nenhum! — reagiu Dom Benito. — Vamos dar a todos, mesmo que só caiba uma migalha a cada um.

Impressionado com aquela reação igualitária, Delano se dirigiu à amurada e dali falou aos seus marinheiros, que permaneciam na baleeira:

— Voltem imediatamente ao *Perseverance*. Digam ao primeiro piloto que permanecerei aqui até ancorar este navio, mesmo que isso só ocorra à noite. Hoje vamos ter lua cheia... Ah, tragam ainda hoje uma nova carga de água!

12
SANGUE

AMASO DELANO JÁ HAVIA PERCEBIDO que no *Santo Domingo* só havia um bote grande, avariado, que estava de borco no convés, com uma das suas laterais um pouco levantada, sendo usado como refúgio por mulheres com filhos pequenos.

— Se o senhor tivesse três ou quatro botes, Dom Benito, os cativos poderiam nos ajudar no transporte de água e mantimentos... O senhor zarpou só com esse bote?

— Não, não! Perdi vários botes durante uma ventania, que lhes arrebentou os cascos.

— Deve ter sido ventania muito violenta...

— Não gosto nem de lembrar.

— Onde ocorreu essa ventania? Foi na sua passagem pelo cabo Horn?

— Cabo Horn? Quem lhe falou em cabo Horn?

— O senhor mesmo. O senhor me disse que cruzou o cabo Horn.

Como que para salvar Dom Benito daquela situação constrangedora, um grumete passou correndo em direção ao sino, que logo em seguida soou doze vezes.

— Dom Benito, está na hora de fazer a barba — disse Babo, em voz baixa, a seu patrão e depois, em voz alta, dirigiu-se ao capitão Delano: — Meu amo ordenou que eu sempre o barbeie ao meio-dia... Vamos passar ao camarote? Lá ele conversará com o senhor enquanto eu afio a navalha e preparo a espuma.

— Sim, vamos — respondeu o americano, ainda intrigado com a estranha reação de Dom Benito quando mencionara o cabo Horn.

Os três se dirigiram à popa.

No camarote, Babo conduziu Dom Benito até uma poltrona e o ajudou a sentar. Depois, com movimentos suaves, abriu-lhe a gola da camisa.

Naquele gabinete tranquilo, o capitão do *Perseverance* sentiu-se menos inquieto. Vendo o criado agir com tanta delicadeza, emocionou-se.

Babo retirou do armário uma enorme bandeira e a usou como um babador. Depois colocou sobre essa bandeira a bacia de barbear, que tinha uma reentrância que se ajustava sob o queixo de Dom Benito. Na verdade, ele iria apenas raspar a parte inferior do pescoço de seu amo, já que o rosto dele estava coberto por uma bela e densa barba negra.

Babo apanhou várias navalhas. Para escolher a mais afiada delas, passou, sucessivamente, as lâminas na palma aberta da sua mão esquerda. Depois, com um gesto teatral, levantou na mão direita a navalha que escolhera, mas não a aproximou do pescoço de Dom Benito. Manteve-a erguida enquanto, com a mão esquerda, massageava o pescoço do patrão espalhando a espuma.

Ao ver a lâmina na mão do escravo tão próxima do seu rosto, Dom Benito estremeceu nervosamente.

— Pareço estar vendo um carrasco torturando um condenado — comentou o capitão Delano e, sorridente, acrescentou: — Mas essa é a bandeira espanhola! Se o rei da Espanha souber que ela está sendo usada como babador, ele não ficará nada satisfeito.

Babo deixou escapar um riso alto e nervoso:

— Essa piada do senhor capitão é muito boa, não é, Dom Benito?

Enquanto falava, o escravo empurrava delicadamente a cabeça do espanhol contra o espaldar da poltrona, mantendo sempre erguida a navalha aberta. O capitão do *Santo Domingo* teve um estremecimento ainda mais forte.

— Não trema tanto, meu amo — disse Babo, e voltou-se para o americano. — Veja, capitão, Dom Benito sempre se assusta quando eu o barbeio, mas eu nunca lhe tirei uma só gotinha de sangue... Capitão, por favor, fale para distrair o meu amo.

— Sim, vamos falar sobre tormentas... De acordo com o seu relato, Dom Benito, sua viagem entre o cabo Horn e Santa Maria durou mais de dois meses. Eu, porém, com tempo bom, fiz essa mesma viagem em poucos dias. Como foi que o senhor ficou atolado por tanto tempo em calmarias?

Seja por um movimento brusco de Dom Benito, seja por um balanço mais forte do navio, seja por uma vacilação de Babo, naquele momento um risco de sangue apareceu no pescoço do espanhol.

De costas para o capitão e de frente para seu amo, Babo passou o guardanapo no ferimento enquanto levantava a lâmina manchada de sangue.

— Está vendo, meu amo? O senhor tremeu tanto que Babo quase o degolou.

Muito pálido, Dom Benito parecia estar verdadeiramente aterrorizado.

O capitão voltou a sentir remorsos por ter pensado que aquele pobre homem que passava mal só em ver umas gotas de sangue pudesse comandar um ataque ao *Perseverance*.

Limpando a navalha ensanguentada no guardanapo, Babo dirigiu-se a Dom Benito:

— Vamos, meu amo, continue a conversar...

— Nosso problema não se resumiu às calmarias demoradas — disse o espanhol. — Também fomos jogados de um lado a outro por correntes poderosas... Mas o comportamento exemplar dos escravos foi essencial para que eu mantivesse a situação sob controle.

Enquanto sacudia a cabeça, concordando com o que lhe dizia Dom Benito, o americano refletia. "Esses dois estão representando uma farsa. Esse ato do barbeiro faz parte de uma peça teatral, sem dúvida. Mas será uma peça cômica ou trágica?"

Terminada sua tarefa, Babo esfregou água de cheiro na cabeça de Dom Benito.

O capitão Delano deixou o camarote a fim de verificar a situação do vento. Pouco depois, quando observava o céu à procura de sinais de tempo bom, escutou um ruído às suas costas. Voltou-se e viu Babo, na porta do camarote com a mão no rosto. Sangrava pelo nariz.

— O que houve, Babo?

— Meu querido amo sofre dos nervos, capitão! Ficou tão furioso com o pequeno corte que lhe fiz no pescoço que me acertou um murro.

O escravo deu as costas ao capitão e voltou ao camarote.

13
CONSELHEIRO

POUCO DEPOIS, Dom Benito e Babo saíram do camarote e se dirigiram até o capitão Delano. O espanhol caminhava apoiado no criado, como se nada tivesse acontecido entre eles.

Como o cozinheiro viesse anunciar que o almoço seria servido na sala de refeições dos oficiais, Dom Benito e o americano encaminharam-se para lá.

Os dois comandantes sentaram-se um de frente para o outro. Babo colocou um tapete sob os pés de seu amo e uma almofada às suas costas. Depois, pôs-se de pé por trás da cadeira do capitão Delano.

— Seu criado é muito prestativo, Dom Benito — comentou o americano.
— Parece estar sempre pronto a captar os seus menores desejos.
— Sim, capitão. Babo é de uma inteligência incomum.
— Bem, Dom Benito, que tal agora conversarmos sobre o custo das velas e dos equipamentos de navegação que lhe cederei para que viaje até Concepción?

Delano esperou por um tempo que o espanhol ordenasse a Babo que deixasse a sala. Como isso não ocorreu, apontou com o polegar para trás e indagou:

— Poderíamos ficar a sós por alguns minutos?

Dom Benito fitou o escravo antes de responder:

— Babo não é só meu ajudante, capitão. Depois que perdi meus oficiais, ele se tornou meu conselheiro. Podemos falar sobre qualquer assunto diante dele.

Embora contrariado por julgar que aquele assunto deveria ser tratado apenas entre os comandantes dos navios, o americano escreveu a lista do material que seria entregue ao *Santo Domingo*, anotando ao lado o custo de cada item.

Dom Benito se manteve o tempo todo em silêncio, distraído, indiferente e apático, como se aquele assunto não lhe dissesse respeito.

14
VISITA

O SINO DO NAVIO SOOU anunciando as duas horas.

Vendo a cortina da janela esvoaçando, o americano levantou-se.

— Finalmente, o vento está chegando, Dom Benito... Fique sentado aqui, descansando, enquanto manobro o *Santo Domingo*.

Ao chegar ao tombadilho, o capitão Delano sobressaltou-se ao ver que o gigantesco Atufal estava parado ao lado da portinhola, imóvel e em silêncio, de cabeça erguida.

O americano apanhou então uma corneta que estava dependurada na amurada e se pôs a dar ordens em espanhol aos marinheiros. Logo depois percebeu que Babo repetia essas ordens no dialeto dos escravos.

"Os africanos seriam grandes marujos se fossem bem treinados", pensou enquanto observava homens e mulheres que, cantando, auxiliavam os espanhóis.

Quando chegou ao leme, Delano teve uma surpresa ao descobrir que ele estava sendo operado pelo marinheiro que encontrara na escotilha.

— Ah, é você, meu amigo! Não me venha mais com olhares misteriosos. Mantenha o rumo.

O marujo concordou com um riso gutural e firmou as mãos no leme, observado por escravos que pareciam interessados em aprender a manobrar o navio.

Depois de dar mais algumas ordens aos marinheiros, o americano dirigiu-se ao camarote a fim de relatar a Dom Benito o andamento do trabalho. Vendo que Babo estava atarefado no convés, acelerou o passo porque desejava ficar a sós com o comandante espanhol. No caminho, passou por Atufal, que se mantinha na mesma posição orgulhosa. Porém, quando ia ingressar no camarote, ouviu passos que soavam apressados. Voltou-se e viu Babo que se aproximava ofegante, equilibrando uma bandeja nas mãos.

"Será por coincidência que Babo chega junto comigo?"

— Dom Benito, trago boas notícias — disse ao entrar no camarote. — O vento está aumentando... Ah, Atufal está parado aí fora.

— Sim, ele aguarda ordens minhas.

— Perdoe-me, Dom Benito — O americano sorriu, brincalhão. — Mas penso que o senhor deveria tratar melhor um ex-rei africano.

Como o espanhol não prestasse atenção à brincadeira, Delano continuou:

— Estamos indo bem. Daqui a pouco lançaremos a âncora... Mas olhe pela janela! Meu navio já está à vista. Hoje à noite nós jantaremos a bordo do *Perseverance*, Dom Benito. Fui seu hóspede durante todo este dia. À noite, o senhor irá ao meu navio a fim de retribuir minha visita.

O espanhol lançou um olhar triste ao americano:

— Não posso ir.

Nesse momento o rumor das águas chegou mais alegre e borbulhante ao camarote.

— Para que o senhor não se canse, eu colocarei um navio ao lado do outro. O senhor só terá de passar de um tombadilho a outro.

— Não posso! — reafirmou Dom Benito.

Perplexo por não compreender aquela inesperada reação, o americano deixou o camarote.

Cerca de três quilômetros separavam o *Santo Domingo* do *Perseverance*. Na metade do caminho entre eles avançava a baleeira.

15
ADEUS

GRAÇAS À PERÍCIA DO CAPITÃO DELANO, pouco depois os dois navios estavam ancorados lado a lado.

Antes de descer à baleeira para regressar ao seu navio, o americano lembrou-se de tratar mais uma vez com Dom Benito da ajuda que lhe daria para que viajasse até Concepción. Recordando-se, porém, do jeito esquivo do espanhol, pensou em deixar o *Santo Domingo* imediatamente, sem despedir-se. Mas mudou de ideia.

"Se Dom Benito não tem uma boa educação, azar", pensou, "eu nada posso fazer. Mesmo assim, vou despedir-me dele."

Ao chegar ao camarote, surpreendeu-se ao ver um sorridente Dom Benito, que se levantou e lhe apertou calorosamente a mão. Mas, agitado, trêmulo e sempre amparado por Babo, não conseguia se expressar. Aquele ataque de alegria, no entanto, não durou muito. Subitamente, Dom Benito jogou-se sobre as almofadas.

O capitão Delano fez um rápido cumprimento e saiu.

"Por que Dom Benito não me acompanha?", perguntou-se Delano. "Pelas regras do mar, ele tem a obrigação de me levar até a amurada. E por que não aceitou meu convite para jantar?"

Da amurada, o americano comandou a aproximação de sua baleeira da prancha de desembarque. Depois, ao virar-se para lançar um último olhar ao *Santo Domingo*, viu que os limpadores de machadinhas prosseguiam na sua tarefa interminável e que os quatro velhos continuavam nas suas posições, vigiando os escravos.

Quando ia descer para a baleeira, o americano teve uma boa surpresa. Dom Benito se aproximava a passos largos, falando calorosamente:

— Capitão Delano! Capitão Delano!

Ao parar ao lado do americano, o espanhol sofreu um quase desfalecimento e só não foi ao chão porque Babo o segurou, enfiando-se debaixo do braço dele como se fosse uma muleta de carne e osso.

Com um olhar assustado, mais uma vez Dom Benito não conseguiu articular uma só palavra, mas segurou com força a mão do americano.

Parecendo ansioso para acabar com aquela cena que desgastava tanto seu amo, Babo avançou até a prancha de desembarque arrastando com ele Dom Benito, que não soltava a mão do capitão Delano.

Da baleeira, os marinheiros olhavam para cima, curiosos. Viam lá no alto três homens: dois brancos altos e no meio deles um jovem negro franzino.

Ao chegar à beira da prancha, Dom Benito conseguiu falar, mas sua voz era pouco mais do que um sussurro:

— Meu caro Delano, não posso ir adiante. Adeus, meu grande amigo. Vá-se embora logo. E que Deus o proteja mais do que tem protegido a mim!

O americano teria ficado por mais um instante, mas percebendo o olhar de Babo, preocupado com a saúde de seu amo, desceu a escada apressado.

16
PIRATA

NA POPA DE SUA BALEEIRA, Delano acenou para Dom Benito e ordenou a partida. Os marinheiros levantaram os remos. O proeiro começou a afastar a baleeira do *Santo Domingo* para que os remos fossem colocados na água.

Nesse momento, num movimento totalmente inesperado, Dom Benito deu um salto por cima da amurada e foi cair ao lado do capitão Delano. E, apontando para o *Santo Domingo*, começou a gritar freneticamente, desesperado.

Ninguém entendeu uma só palavra do que ele disse.

Imediatamente, em pontos distintos do navio, três marinheiros espanhóis atiraram-se ao mar e nadaram vigorosamente em direção à baleeira, como se tivessem a intenção de salvar seu comandante.

— O que significa isso, capitão? — perguntou o proeiro.

— Parece que Dom Benito quer dar a impressão de que está sendo sequestrado.

No convés do *Santo Domingo* soou uma gritaria selvagem. O americano ergueu o rosto e viu que os escravos formavam uma longa e ameaçadora fila de cabeças por cima da amurada. Depois percebeu que Babo, segurando um punhal, equilibrava-se na amurada pronto a saltar em defesa de seu amo. Por fim, olhou para o mar e viu que os três marinheiros espanhóis nadavam em direção à baleeira.

Três imagens superpostas – escravos, Babo e marinheiros – penetraram numa velocidade vertiginosa na mente do capitão. Aí, movido por uma súbita suspeita, ele segurou Dom Benito pelo pescoço.

— Acho que esse pirata traiçoeiro quer nos assassinar!

Reagindo a essa ação, Babo voou em direção a baleeira segurando na mão direita erguida um grande punhal que parecia ter como endereço o coração de Amaso Delano.

Num movimento muito ágil, o comandante do *Perseverance* soltou Dom Benito e recuou um passo atrás, ao mesmo tempo que levantava os braços. Com esse movimento, ele conseguiu defender-se: desviou o punhal, que caiu ao mar, enquanto Babo se estatelava contra o fundo do bote.

— Força nos remos! — ordenou o capitão.

— Cuidado! — gritou o proeiro.

O americano voltou-se a tempo de perceber que Babo, silenciosamente, já carregando na mão outro punhal, pequeno, se arrastava em direção a Dom Benito, que recuava assustado. O rosto do africano estava transfigurado pelo ódio.

Naquele momento, finalmente, num lampejo, o capitão Delano compreendeu tudo o que de estranho se passara ao longo daquele dia.

Deu então um murro em Babo, que soltou o punhal e desabou no fundo da baleeira e teve suas mãos amarradas por um dos marinheiros.

No *Santo Domingo*, os escravos – que antes haviam se mostrado tão pacíficos – erguiam machadinhas e facas. Os afiadores de machadinhas encenavam uma dança de guerra na popa enquanto os marinheiros espanhóis, que não haviam conseguido saltar ao mar, escalavam os mastros em busca de um refúgio seguro nas alturas.

17
RECOMPENSA

AO CHEGAR AO *Perseverance*, o comandante americano determinou a um marinheiro que conduzisse Babo imediatamente ao porão.

— Eu não quero vê-lo nunca mais — disse Dom Benito, que só deixou a baleeira depois que seu criado foi levado dali.

Como o cabo da âncora do *Santo Domingo* havia sido cortado por um marinheiro espanhol, o navio de Dom Benito deslizava em direção ao mar aberto.

Depois de ordenar que fossem feitos seis disparos de canhão contra o navio negreiro, o americano interrogou Dom Benito:

— Que armas existem a bordo do seu navio?

— Nenhuma que se possa usar... Mas eu lhe imploro, capitão, não persiga o *Santo Domingo*. Os escravos podem matar os meus marinheiros que ainda estão a bordo.

— Infelizmente, terei de atacar seu navio. É a única maneira de salvar os espanhóis.

Delano voltou-se para os marujos, que esperavam suas ordens e, em voz alta, ordenou:

— Desçam à água todos os nossos botes!

— Capitão, o senhor salvou minha vida! — exclamou Dom Benito. — Por que vai agora arriscar a própria vida?

Preocupados, os oficiais do navio fizeram o mesmo pedido ao seu comandante.

Atendendo a eles, o capitão Delano chamou o primeiro piloto, um homem corajoso e de físico atlético, ex-tripulante de navio corsário, para comandar a expedição de caça aos amotinados.

— Vocês receberão uma boa recompensa — disse o comandante americano a seus marujos. — O *Santo Domingo* vale mais de mil dobrões de ouro.

A noite se aproximava.

Com os marinheiros empregando muita força nas remadas, os botes do *Perseverance* se aproximaram rapidamente do *Santo Domingo*.

Na distância apropriada, os marujos soltaram os remos, apanharam seus mosquetões e começaram uma fuzilaria contra a nau rebelada.

Num primeiro momento, os escravos responderam apenas com gritos de guerra, mas em seguida os homens que haviam passado o dia polindo machadinhas passaram a lançá-las contra os botes. Uma delas decepou os dedos de um marinheiro do bote que estava mais próximo do navio negreiro. Outra enterrou-se na amurada do segundo bote.

— Vamos recuar um pouco! — gritou o primeiro piloto. — Vamos esperar que eles gastem suas machadinhas. Depois atacaremos.

Percebendo a manobra dos marinheiros, Atufal reagiu:

— Parem de lançar as machadinhas!

O falso prisioneiro não portava mais as correntes. Assumira seu posto de comandante dos escravos amotinados.

Soprado pelo vento forte, o *Santo Domingo* deslizava sobre as águas.

— Não conseguiremos abordar o navio enquanto ele estiver vogando — disse um dos marujos.

Depois de refletir por algum tempo, o primeiro piloto levou as mãos em concha à boca e gritou para os marinheiros espanhóis pendurados no alto dos mastros:

— Cortem as cordas que prendem as velas!

18
RENDIÇÃO

ASSIM QUE OS MARUJOS ESPANHÓIS, usando seus punhais, obedeceram àquela ordem, o *Santo Domingo* se deteve em meio ao ranger dos mastros.

Como em resposta ao primeiro piloto, alguém, do convés do navio, atirou de mosquetão contra os marinheiros refugiados nos mastros. Dois deles, mortalmente feridos, caíram na água.

Pouco depois, os botes encostaram no *Santo Domingo* e começou a abordagem. Os arpões de caçar focas e os cutelos dos marinheiros se chocavam contra as machadinhas e os chuços manobrados pelos cativos.

Amontoadas no centro do navio, abraçadas aos seus filhos, as mulheres começaram um canto que era, ao mesmo tempo, fúnebre e guerreiro.

Os marinheiros atingiram a amurada, mas não conseguiram pôr os pés no navio. Assim, passaram a lutar sentados na amurada, como se fossem cavaleiros. Pareciam condenados à derrota, até o momento em que o primeiro piloto gritou:

— Atenção! Quando eu chegar ao número três, saltaremos todos ao mesmo tempo. Um, dois, três!

A manobra deu resultado. Os homens do capitão Delano e os marujos espanhóis formaram então um grupo compacto que avançou empurrando os escravos para a popa.

Perto do mastro grande havia uma espécie de trincheira de barris e sacos. Por trás dela, os africanos resistiram bravamente, mas enfraquecidos por meses de má alimentação acabaram se rendendo. Vários deles morreram em combate, muitos outros foram mutilados gravemente. Entre os marinheiros não houve uma só morte, mas os feridos eram bastante numerosos.

Os cativos sobreviventes foram amarrados.

O navio foi rebocado para o local onde estivera antes e lá, mais uma vez, foi ancorado. Era meia-noite.

19
ÁGUA

DIAS DEPOIS, após reparos no *Santo Domingo*, os dois navios partiram em direção a Concepción.

Foi durante essa viagem, a bordo do *Perseverance*, que o já recuperado Dom Benito contou ao capitão Delano o que verdadeiramente havia ocorrido.

O *Santo Domingo* partiu de Valparaíso, no Chile, no dia 20 de maio, em direção ao porto de Callao, no Peru, com uma carga de ferragens. Trazia também 160 cativos que dormiam no tombadilho sem grilhões porque o proprietário deles, Alejandro de Aranda, assegurara a Dom Benito Cereno que eram dóceis.

No sétimo dia de viagem, porém, por volta das três da madrugada, os escravos se rebelaram. Prenderam os quatro homens que estavam de vigia e depois mataram vários espanhóis que dormiam no tombadilho.

Só dez dos marinheiros e o comandante foram poupados porque os amotinados achavam que eles seriam suficientes para manobrar o navio.

Ao romper do dia, Dom Benito conversou com Babo e Atufal, os líderes da rebelião.

— O que vocês querem?

— Queremos que você nos leve a uma nação de homens negros — respondeu Babo.

— Não existe país assim por este mar.

— Então nos leve de volta ao Senegal.

— Impossível! É muito longe. Meu navio não tem condições de fazer uma viagem dessas.

— Seja do jeito que for, você vai nos levar de volta à nossa terra.
— Não tenho comida nem água para viajar até a África.
— Se for preciso, nós comeremos muito pouco e beberemos ainda menos água.
— Mesmo assim, é impossível.
— Então, nós mataremos todos os brancos. Um depois do outro, um por dia.

Dom Benito ficou pensativo por um tempo.

— Está bem. Tentarei. Mas o nosso maior problema será conseguir água. Já estamos precisando reabastecer...
— Como se faz isso?
— Na costa. Onde houver um rio, ancoramos o navio. Depois mandamos uns homens, em botes, apanhar água doce.

20
VIGILÂNCIA

DURANTE VÁRIOS DIAS, Dom Benito navegou esperançoso de encontrar algum navio que o socorresse, mas tal navio não se apresentou.

Babo e Atufal, que passavam os dias em demoradas conversas, eram obedecidos cegamente pelos africanos que reconheciam neles seus verdadeiros líderes. Atufal, que realmente fora rei em sua terra, era respeitado também por ser o mais forte dos amotinados. Mas Dom Benito havia percebido desde o primeiro momento que o verdadeiro comandante dos rebelados era o pequeno e franzino, porém inteligentíssimo, Babo.

Certo dia, Babo exigiu do comandante espanhol que encontrasse logo um lugar onde pudessem obter água.

— Vamos então até Santa Maria — disse Dom Benito. — É uma ilha afastada e deserta.

— Eu não confio em você — retrucou Babo.

— Mas eu sou um cavalheiro espanhol! Se você quiser, eu redigirei um documento no qual me comprometo a levar todos vocês até o Senegal.

Mesmo tendo o capitão firmado o documento, no dia seguinte Babo ordenou a destruição dos botes do *Santo Domingo* para evitar uma fuga dos marujos. Só ficou um para ser usado na busca de água doce.

A viagem até Santa Maria demorou muito porque o *Santo Domingo* caiu em várias calmarias. Todos sofriam com o calor e a falta de água. Os escravos tornaram-se irritadiços.

Finalmente, na noite de 17 de agosto, o navio lançou sua âncora em Santa Maria.

No dia seguinte, ao nascer do sol, vendo o *Perseverance* fundeado nas proximidades, os africanos ficaram inquietos.

Babo, Atufal e Dom Benito reuniram-se na popa.

— Vamos partir imediatamente — propôs o ex-rei africano, assustado.

— Temos que apanhar água de qualquer modo — disse Babo e, com os olhos brilhando de ameaça, voltou-se para Dom Benito: — Caso alguém daquele navio venha até o nosso, você vai agir com naturalidade. Não falará de nossa revolta. Eu estarei sempre ao seu lado. Se contar o que aconteceu aqui, você morrerá no mesmo instante.

Babo mostrou a Dom Benito um punhal que trazia escondido na calça e continuou:

— Meus olhos estarão sempre cravados nos seus. Um só olhar inapropriado determinará sua morte e a de todos os seus marinheiros.

A seguir, Babo voltou-se para Atufal:

— Reúna toda a nossa gente no convés.

Diante de homens, mulheres e crianças em pânico, com voz firme e segura, Babo descreveu seu plano:

— Preciso da cooperação de todos. Se alguém daquele navio vier até o nosso, nós o receberemos bem. Fingiremos que tudo está normal. Mas temos uma estratégia de ataque para o caso de sermos descobertos. Seis guerreiros estarão prontos para entrar em ação. Eles fingirão limpar machadinhas que serão colocadas em caixotes entre eles. Se tivermos de lutar, as machadinhas serão distribuídas rapidamente. Atufal fingirá que é prisioneiro, embora possa se livrar facilmente das algemas. Eu distribuirei quatro anciãos pelo convés para que mantenham a ordem. Vocês obedecerão a eles. Quero que todos se mantenham calmos. Essa é a única maneira que temos de conseguir água e de viajarmos para a nossa terra.

Babo ordenou depois a Dom Benito que reunisse os marinheiros espanhóis. Falou também para eles sobre a farsa que seria representada e concluiu com uma ameaça:

— Vocês serão vigiados o tempo todo. Cada um de vocês terá sempre dois ou três africanos por perto. Aquele que tentar passar qualquer informação sobre nosso motim, morrerá na hora.

Esses preparativos, que duraram cerca de duas horas, ocorreram entre o momento em que viram o *Perseverance* e a chegada do capitão Delano ao *Santo Domingo*.

21
ESQUECIMENTO

DEPOIS DE FAZER ESSE RELATO, Dom Benito dirigiu-se ao capitão americano:
— Durante as muitas horas que o senhor passou a bordo do *Santo Domingo* eu não tive uma só oportunidade de lhe contar o que verdadeiramente estava acontecendo. O senhor não imagina o que me custou mentir o tempo todo! Fingindo ser um escravo dedicado, Babo me vigiava atentamente. Apesar de sofrer muito com a vergonha que sentia, eu acabei participando da farsa porque, se fosse descoberto, meus marinheiros, o senhor e eu seríamos assassinados.

O espanhol passou a mão pelo rosto magro.
— Por ter de mentir, eu passei mal verdadeiramente. Em várias oportunidades quase desmaiei. Por ser baseado na mentira, o meu relato era confuso. Por horas, sem sucesso, esperei uma oportunidade para dizer a verdade ao senhor, mas Babo só se afastou de mim uma vez. E retornou às pressas quando percebeu que o senhor se dirigia ao meu camarote.

— Qual foi o seu pior momento, Dom Benito? — indagou o americano. E, sorrindo, acrescentou: — Foi, por acaso, quando Babo lhe fez a barba?

— Aquela foi uma tortura terrível, sim. Senti muito medo. Mas o pior que me ocorreu foi ter sido obrigado por Babo a fazer ao senhor aquelas perguntas sobre o *Perseverance*, suas armas e tripulação. Ali, naquela hora, eu me senti um verdadeiro criminoso.

Dom Benito fechou os olhos como se quisesse evitar uma visão terrível.

— Quando Babo ordenou-me que lhe fizesse aquelas perguntas, eu indaguei dele se estava mesmo pretendendo matar o senhor. Ele me respondeu com uma frase cínica: "Com a morte do capitão americano, o senhor, Dom Benito, será o comandante de dois belos navios".

O espanhol suspirou fundo e ficou por um momento passando as mãos pela sua jaqueta, como que para livrá-la de uma sujeira que não se podia ver.

— Só tive um momento de absoluta lucidez, capitão. Foi quando saltei para a sua baleeira. A ideia me veio de repente e eu não vacilei um segundo. O senhor me interpretou mal. Um de seus marinheiros poderia ter me dado um golpe de espada ou de punhal. O senhor me tomou por ingrato e chegou a imaginar que eu queria matá-lo. Ora, eu só pulei na sua baleeira quando percebi que, se não o fizesse naquele momento, mais tarde o senhor seria assassinado no assalto noturno que Babo estava planejando.

— Na verdade, o senhor salvou-me a vida mais do que eu salvei a sua — disse o americano. — Mas fico feliz que estejamos vivos agora. Devemos nossa salvação à bondade de Deus. Ao ver o sofrimento de todos os que estavam no seu navio, meu coração se contraiu de piedade e de dor. Talvez por isso eu não tenha percebido a verdadeira situação.

— Até o melhor dos homens se engana, capitão. Mas não falemos mais sobre essa tragédia. O Sol, o mar e o céu azul já esqueceram o que se passou.

— O Sol, o mar e o céu azul não têm memória — arrematou Delano.
— Eles não são humanos.

22
LIBERDADE

O JULGAMENTO DO MOTIM DOS ESCRAVOS do *Santo Domingo* foi presidido pelo juiz Juan Martínez de Rozas, do Tribunal de Concepción.

O magistrado colheu inicialmente os depoimentos de Dom Benito e do capitão Delano. A versão do comandante do *Santo Domingo*, num primeiro momento, pareceu-lhe fantasiosa demais, porém, logo em seguida todos os fatos foram inteiramente confirmados pelos marinheiros espanhóis.

Um padre foi encarregado de ouvir e defender os cativos. Babo se recusou a depor, e Atufal disse apenas uma frase:

— Lutamos para conquistar a liberdade e voltar ao nosso país.

O nome do sacerdote que defendeu os rebeldes não foi registrado no processo, mas de sua autoria restou um texto no qual ele alega que todos os homens são livres, iguais diante da lei e têm o direito de se rebelar quando lhes é roubada a liberdade.

Além de Babo, oito africanos foram considerados os líderes do movimento e condenados à forca.

Alguém que assistiu ao enforcamento registrou as últimas palavras de Babo:

— Eu amaldiçoo os seres desumanos e cruéis que roubam homens e mulheres da sua terra e os levam, como escravos, para países distantes.

KANDIMBA
Lourenço Cazarré

LOURENÇO CAZARRÉ.

Brasileiro, nasceu em Pelotas, Rio Grande do Sul, em 1953. Passou a infância em Bagé, na fronteira com o Uruguai. De volta à cidade natal em 1964, foi morar com seus avós paternos. Tornou-se leitor fanático frequentando a seção infantil da Biblioteca Municipal. O primeiro livro que leu de uma só sentada foi A Ilha do Tesouro, de Robert Louis Stevenson. Acredita que o mais belo texto escrito sobre a passagem da infância para a adolescência seja A estepe, do russo Anton Tchecov. Cursou o antigo ginásio industrial na Escola Técnica Federal de Pelotas. Depois, fez o clássico (uma das modalidades do ensino médio na época) e ingressou no curso de Jornalismo da Universidade Católica de Pelotas em 1972. Formado em 1975, seguiu um ano depois para Florianópolis e lá trabalhou como jornalista.
Em novembro de 1977, foi para Brasília, onde até hoje exerce essa profissão. Começou a escrever no início dos anos 1980. Seu segundo romance, O calidoscópio e a ampulheta, venceu, em 1982, um dos maiores certames literários do país, a Bienal Nestlé de Literatura. Seu primeiro livro juvenil, O mistério da obra-prima, foi publicado em 1985. Em trinta anos de trabalho literário, completados em 2011, escreveu quarenta livros, entre romances, coletâneas de contos e novelas juvenis, e participou de mais de quinze antologias de contos.
Um de seus livros para jovens, Nadando contra a morte, recebeu o Prêmio Jabuti de 1998. Tanto essa obra como A cidade dos ratos – uma ópera-roque (ambas da Formato Editora) foram consideradas altamente recomendáveis para jovens pela Fundação Nacional do Livro Infantil e Juvenil. A novela Clube dos leitores de histórias tristes (Saraiva) foi considerada pela revista Veja o melhor livro para jovens entre dez e doze anos lançado em 2005. Outros de seus livros para jovens são: Devezenquandário de Leila Rosa Canguçu (Saraiva), Estava nascendo o dia em que conheceriam o mar (Saraiva), A guerra do lanche (Ática), Ilhados (Saraiva), O motorista que contava assustadoras histórias de amor (Saraiva), Quem matou o mestre de Matemática? (Atual) e O senhor da escuridão (Ática).
Na coleção **Três por Três**, é autor de Três cavaleiros, em que adaptou Ivanhoé, de Walter Scott, e A lenda do rei Artur e seus cavaleiros da Távola Redonda, de Thomas Malory, além de escrever O guerreiro dos cabelos de fogo, inspirado na biografia de um colonizador do sul do Brasil. Esta é uma das marcas registradas da obra de Cazarré: a ficção histórica, cujo estilo leve e sedutor se alia à intensa pesquisa de época.
Em Três escravos, sua história, Kandimba é excelente exemplo dessa vertente. O protagonista homônimo é um adolescente africano que vê seu povo ser aprisionado e levado a um navio negreiro. É afastado da mãe e do irmão, mas não se deixa abater. Curioso, aprende idiomas, alfabetiza-se, vive na Luanda colonial portuguesa, faz amigos e desafetos, descobre o amor e lidera um povo. Como disse um filósofo, "as correntes da escravidão só prendem as mãos. É a mente que faz livre o escravo". Palavras que definem muito bem a trajetória desse personagem magnífico.

São os filhos do deserto,
Onde a terra esposa a luz.
Onde vive em campo aberto
A tribo dos homens nus...
São os guerreiros ousados
Que com os tigres mosqueados
Combatem na solidão.
Ontem simples, fortes, bravos...
Hoje míseros escravos,
Sem luz, sem ar, sem razão...

O *navio negreiro*, de Castro Alves

1
O CANTO DO PÁSSARO DESCONHECIDO

ENTÃO EU ACORDEI. Não com o canto do pássaro desconhecido, mas com gritos humanos e passadas fortes sobre o chão socado da aldeia.

Abri os olhos e não vi meu pai sobre sua esteira. Num salto, me levantei. Minha mãe também não estava, como em toda manhã, deitada ao lado do meu irmãozinho.

Gritos guerreiros se entremeavam com um clamor de medo.

Meu corpo foi sacudido por um tremor.

Algo terrível devia estar acontecendo.

Saí correndo pela abertura da nossa cabana. Mamãe estava parada perto dali, segurando meu irmão no colo.

Homens desconhecidos — empunhando lanças e facões — corriam entre as cabanas soltando guinchos estridentes.

Desde pequeno eu ouvia dizerem que um dia guerreiros malvados viriam de longe para nos levar ao cativeiro.

— Quem são eles, mãe?

— São os nzingas.

Ameaçadores, os invasores empurravam as mulheres e as crianças em direção à praça da aldeia.

— Onde está meu pai?

— Foi falar com o chefe desses bandidos.

Olhei em torno e vi meninos agarrados às pernas de suas mães. Eu, porém, não sentia medo. Queria compreender o que estava ocorrendo.

Todos diziam que eu era um pequeno esquisito.

No meio da confusão, lembrei-me do pássaro desconhecido que nos últimos dias me acordara com seu canto metálico.

"Ele não veio hoje", pensei. "O dia começou errado."

2
LEOA PRONTA PARA ATACAR

CHEGAMOS À PRAÇA.

Todas as pessoas da aldeia estavam reunidas lá, apertadas umas contra as outras. Os homens haviam sido amarrados com cordas. Não vi meu pai entre eles.

— Atenção! — gritou um velho em nosso idioma. — Mantenham-se calmos. Vocês vão partir daqui a pouco.

O rosto enrugado do velho, que vestia uma calça branca e uma camisa vermelha, abriu-se num sorriso triste e ele acrescentou:

— Os nzingas não machucarão vocês. Eles tratam bem seus prisioneiros. As mulheres devem apanhar toda comida que puderem, e esteiras. Teremos uma longa viagem pela frente.

Um burburinho corria entre a nossa gente. Crianças faziam perguntas ansiosas e suas mães, amedrontadas, respondiam em voz baixa.

Apontei para o velho de cabelos inteiramente brancos.

— Quem é aquele homem, mãe?

— É um língua.

— Mulheres, levem o máximo de comida que puderem! — continuou o velho, que era magro e encurvado. — Mas cuidem para que esse máximo pese o mínimo possível, já que ele vai nas costas de vocês.

Com os filhos pequenos no colo, as mulheres saíram apressadas em direção às cabanas.

Carregando meu irmão enganchado no quadril e segurando-me pela mão, mamãe avançou decidida até onde se encontrava o velho, mas não se dirigiu a ele. Ignorando-o, ela encarou um homem alto e forte que tinha os braços cruzados diante do peito.

— Onde está meu marido?

O homenzarrão, cujo rosto era marcado por muitas cicatrizes rituais, voltou seus olhos frios para minha mãe. Naquele momento senti medo, muito medo, mesmo sendo ele o único dos nzingas que não portava armas. Kwapa, o chefe, diferenciava-se dos outros também porque seu colar de contas coloridas tinha muito mais voltas em torno do seu largo pescoço.

O velho traduziu as palavras de minha mãe para o chefe dos nzingas, que, com voz baixa e grave, rosnou uma breve resposta.

— Seu marido está perto da grande árvore — disse o velho, e apontou para trás com o polegar. — Infelizmente, ele foi morto.

— Por que ele foi assassinado? — perguntou mamãe, num sopro de voz.

O velho voltou a falar com Kwapa, que novamente resmungou.

— Seu marido falou em voz muito alta. Kwapa diz que os nzingas têm o ouvido delicado. Não toleram gritos.

Com os olhos chamejando, minha mãe encarou o homem que tinha o rosto marcado por cicatrizes. Parecia uma leoa prestes a atacar. Mas, de repente, fraquejou. Colocou meu irmão no chão e eu tive de ampará-la para que não caísse.

— Vou enterrar meu marido – sussurrou ela. E voltou-se para mim:

— Kandimba, busca a enxada.

Corri até nossa cabana.

3
O RIO, O BOSQUE E AS MONTANHAS

MAMÃE E EU nos revezamos na abertura da cova.

Constantemente pressionados pelos nzingas, que queriam partir logo, cavamos com fúria. Descarregamos nosso desespero e nossa raiva nos golpes de enxada.

Sentado à sombra da grande árvore, ao lado do corpo de nosso pai, meu irmão pequeno brincava com ossos de animais. De vez em quando mamãe ia até ele, fazia-lhe um carinho e voltava para escavar.

Da aldeia vinha uma grande gritaria. Naquele momento os nzingas escolhiam os que não seriam levados: homens e mulheres que consideravam velhos ou crianças que lhes pareciam muito fracas.

No final, mamãe e eu cantamos e dançamos para que a alma de meu pai pudesse chegar ao alto da montanha onde moravam nossos ancestrais.

Quando acabamos a breve cerimônia de adeus, o velho que falava a nossa língua se aproximou de minha mãe.

— Kwapa arrependeu-se de ter matado seu homem. Ele era muito forte e tinha bons dentes. Renderia um bom dinheiro.

— Os deuses estão vendo o que vocês fazem conosco — retrucou minha mãe. — Os deuses farão pior com vocês depois.

O velho abaixou a cabeça e se afastou. Percebi que ele gostaria de andar depressa, mas não conseguia. Caminhava com a ajuda de um cajado e seu andar era arrastado e vacilante.

Pouco depois, em uma longa fila silenciosa, deixamos a aldeia.

Caminhamos primeiro por lugares conhecidos. O rio onde nós, meninos, costumávamos nadar. Os bosques onde caçávamos pássaros e pequenos animais. Depois nos aproximamos da montanha onde viviam os espíritos dos nossos ancestrais.

A montanha esteve ao alcance dos nossos olhos por muitas horas. Só desapareceu quando a noite caiu sobre nós.

Continuamos caminhando sob a luz da lua. Quase não dormimos naquela noite. Os nzingas tinham medo de nossos ancestrais, queriam distância deles.

4
A SEDE, A FOME E O CANSAÇO

ERA UMA MARCHA MONÓTONA E CANSATIVA.

Avançávamos do nascer ao pôr do sol, com uma pausa no meio do dia para evitar o calor mais forte.

Durante a maior parte do tempo, minha mãe carregava meu irmão no colo. Todas as crianças do tamanho dele tinham ficado na aldeia. Ele só viera conosco porque nos incorporamos ao grupo já fora da aldeia.

Lembro-me de uma conversa entre minha mãe e Kwapa, traduzida pelo velho da cabeça branca.

— Se este pequeno atrasar nossa marcha, mandarei matá-lo — ameaçou Kwapa.

— Se ele for morto, sacrifico meu filho mais velho e depois me mato — retrucou minha mãe. — Mas tenho certeza de que você não quer um prejuízo tão grande.

À noite, diferentes luas sucediam-se no céu.

Marchamos por muito tempo.

Como a trilha que seguíamos nem sempre passava por perto de rios, logo a sede veio juntar-se aos outros dois tormentos: a fome e o cansaço.

— Para onde eles estão nos levando, mãe?

— Para a beira do mar.

— O que é o mar?

— É um rio tão grande que não tem margens.

— É bonito?

— Sim. A água dele é verde e brilhante, mas não se bebe.

— Não pode existir água que não se beba, mãe! — retruquei, incrédulo.

— Quem bebe dela fica louco. É água que não mata a sede. É água que atormenta ainda mais os sedentos.

Ao final de muitos dias de caminhada chegamos à aldeia dos nzingas. Passamos a noite na praça, deitados no chão, amarrados com cordas.

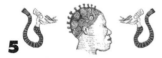

5
O VELHO QUE ENGANAVA A MORTE

NA MANHÃ DO DIA SEGUINTE vi pela primeira vez uma forqueta.

Era um pedaço de pau de dois metros de comprimento que acabava em uma forquilha. A parte bifurcada era colocada em torno do pescoço de um homem e fechada na nuca por um pedaço de corda.

Os homens de nossa aldeia foram colocados em fila. O primeiro teve as mãos amarradas à frente e recebeu no ombro direito a ponta da forqueta colocada no pescoço do segundo homem da fila. O segundo segurou a que prendia o terceiro. E assim sucessivamente.

Formou-se então uma longa e estranha fila de homens unidos por pedaços de pau.

— Por que os nzingas fazem isso, mãe?
— Para que nossos homens não possam fugir nem lutar.
— Mas por que não amarram também as mulheres?
— Porque eles sabem que não abandonaremos nossos filhos e maridos.

Pouco depois de havermos deixado para trás a aldeia, o velho de cabelos brancos surgiu ao nosso lado. Percebi então que ele, de tão encurvado, era só um pouco mais alto do que eu.

Não consegui refrear minha curiosidade:
— Tu já deverias ter morrido, não?

O velho parou de andar e agarrou-se com as duas mãos ao cajado. Ainda mais dobrado que antes, começou a tremer. Pensei que talvez tivesse se engasgado com algo que mastigava.

Como eu havia parado a fim de observá-lo, minha mãe me puxou pelo braço.

— Parece que esse velho bandido vai fazer tua vontade, Kandimba — disse ela. — Agora, sim, ele vai morrer.

Impressionado por aquelas palavras, pensei em socorrer o pobre homem, mas fui arrastado por mamãe.

— De que ele está morrendo, mãe? De velhice?
— Não. Ele está morrendo de rir da tua pergunta boba.

Mais tarde o velho surgiu de novo ao nosso lado e, sorridente, dirigiu-se à minha mãe:

— Sou um velho que já viajou demais por esse mundo. Por cima da terra e da água, fui de um lado a outro. Mas não encontrei muitos meninos como o teu filho. Ele é dos poucos que fazem as perguntas certas.

A vontade de minha mãe era insultar o língua, mas ela se controlou porque ele era simpático. Sua bocarra e seu narigão eram um convite ao riso.

— Como aprendeste a falar nossa língua? — indagou minha mãe.

— Por onde andei, sempre prestei atenção no que diziam as pessoas. Enquanto vagam pelo mundo, elas carregam as línguas de suas terras. Foi assim que aprendi muitos idiomas de negros e de brancos.

— Como é teu nome?

— Mgongo.

Depois de um tempo caminhando em silêncio, o velho estendeu sua mão esquerda para mim:

— Ajuda-me a andar, pequeno. Um só cajado é pouco para um homem tão velho quanto eu... Estive pensando muito naquela tua pergunta... Minha resposta é: sim, eu já deveria ter morrido. Perdi meu pai, minha mãe e todos os meus irmãos. Até meus filhos já estão debaixo da terra. A morte me persegue desde que nasci, mas até hoje eu sempre consegui enganá-la.

Segurei a mão dele.

Se aquele velho era tão esperto que conseguia enganar a morte, talvez soubesse para onde estávamos sendo levados.

— Minha mãe disse que caminharemos até o grande rio cuja água não se bebe. É verdade?

— Não há lugar no mundo onde as pessoas sofram mais com a sede do que quando estão navegando nesse imenso rio que os brancos chamam de *sea, mer,* mar. Mas há quem diga que o pior vem ao final da travessia.

— O que acontecerá quando chegarmos lá?

— Falaremos sobre isso depois... Mas olha! O que é aquilo?

— É uma árvore.

— *Tree, arbre, árbol,* árvore — recitou Mgongo.

— O que estás dizendo?

— Estou falando nas línguas dos brancos.

— Gostei do som — eu disse. — Repita.

— *Tree, arbre, árbol,* árvore.

6
AGUARDENTE E TABACO

TODO DIA, quando reiniciávamos a marcha, o língua repetia a mesma frase.
— Anda, pequeno, faz uma pergunta maluca!
— Os brancos têm dois braços e duas pernas como nós?
— Sim. Mas eles são preguiçosos. Criam perto de suas casas os animais que gostam de comer, que são vacas, ovelhas e galinhas. Eles não são como nós, que preferimos correr pela savana atrás de caça.
Mgongo apontou seu indicador para o alto.
— *Sky, ciel, cielo*, céu.
Depois indicou uma grande nuvem.
— *Cloud, nuage, nube*, nuvem.
Um pássaro levantou voo.
— *Bird, oiseau, pájaro*, pássaro.
Caminhando pelo interior da África, escutando Mgongo, aprendi muitas palavras em quatro idiomas.
Eu gostava de repetir o que ele dizia e ele insistia para que eu lhe fizesse perguntas.
— Por que os nzingas foram até nossa aldeia?
— Eles alegam que há muitos e muitos anos vocês atacaram uma aldeia deles...
— É mentira! — exclamei.
— É mentira, sim — concordou o velho. — Na verdade, os nzingas atacaram a aldeia de vocês porque gostam muito de aguardente e tabaco.
— Como assim? — perguntei.
— Os nzingas trocam seus prisioneiros por aguardente e tabaco.
— Eles comem essas coisas?
— Não. A aguardente eles bebem e o tabaco eles tragam.
— O que é aguardente?
— É uma bebida que queima o estômago e que enlouquece as pessoas.
— Enlouquece?
— Sim. Quem bebe aguardente fica ainda mais idiota do que costumeiramente é.
— E o tabaco?
— Eles tocam fogo no tabaco e depois sugam a fumaça que sai dele. Tabaco só serve para queimar os pulmões.

Julgando que o velho zombava de mim, soltei a mão dele.
— Chega! Não pergunto mais nada hoje.
— *Today, aujourd'hui, hoy,* hoje.

7
A CABANA QUE SE MOVE SOBRE A ÁGUA

PARAMOS diante de uma estranha construção.
— Nunca imaginei que pudesse existir uma cabana tão grande, Mgongo.
— Barracão — disse o velho.
— Barracão — repeti a palavra porque ela me pareceu muito bonita, sonora.
— Barracão de escravos. É assim que os portugueses chamam isso aí.

Grosseiros como sempre, os nzingas nos empurraram para dentro daquela imensa construção. Havia só uma entrada e as laterais eram formadas por troncos, enterrados uns ao lado dos outros. A cobertura era de palha.
— Nós vamos morar aqui, Mgongo?
— Por um tempo, sim.
— E depois?
— Vocês serão colocados em um navio.
— Navio?
— Navio é uma grande cabana que se move sobre a água. É maior do que este barracão e suas paredes são de madeira. O navio tem mastros, que são como troncos de árvores muito altas. Nesses mastros são amarrados uns panos resistentes. O vento sopra esses panos e a grande cabana de madeira viaja sobre a água que não se bebe.
— Tu viajarás comigo no navio, Mgongo?
— Não. Ficarei por aqui.

Notei que lágrimas escorriam dos olhos estreitos do velho.
— Por que choras como um bebê?
— Eu choro por ti.
— Mas eu ainda não morri!

Achei que aquela minha resposta faria o velho sofrer um novo ataque de riso, mas não foi o que aconteceu. Lágrimas silenciosas continuaram a deslizar pelos sulcos do rosto dele.

— Se não vais viajar conosco na grande cabana de madeira, por que vieste até aqui, Mgongo?
— Porque sei falar o português. Falarei com as pessoas que compraram vocês.
— O que dirás a elas?
— Pedirei a elas que sejam bondosas com vocês.

Demorei a dormir naquela primeira noite no barracão. Deitado na esteira, eu meditei sobre as palavras de Mgongo. Se ele precisava pedir aos nossos compradores que fossem gentis conosco, isso significava que talvez eles fossem malvados. Mas seriam tão perversos quanto os nzingas?

Deixei a esteira e me esgueirei por entre os corpos adormecidos. Aproveitando que o homem que vigiava a abertura do barracão estava dormindo, me dirigi ao rio.

Bebi muita daquela água prateada. Bebi até que a permanente sensação de fome desaparecesse. Voltei então ao barracão e dormi embalado pelo gorgolejar da água na minha barriga.

8
UM PAÍS DISTANTE, IMENSO

NO DIA SEGUINTE, surpreendentemente, os nzingas nos proporcionaram uma ótima refeição. Não comíamos tão bem desde antes do ataque à nossa aldeia.
— Por que há tanta comida hoje, Mgongo?
— Porque vocês estão magros demais. Não havias percebido?
— Não.
— Claro! Tu prestas mais atenção ao voo dos passarinhos do que ao que acontece ao teu redor.
— Sou por isso um menino mau?
— Não! Pelo contrário, tu és um pequeno inteligente, embora às vezes te mostres um verdadeiro pateta. Agora, presta atenção ao que vou te dizer. Durante alguns dias vocês comerão bem porque os nzingas querem impressionar as pessoas que compraram vocês.
— Por que elas nos compraram?
— Para enviar todos vocês ao Brasil...
— Brasil?

— Um país distante, imenso.
— E o que nós vamos fazer lá?
O velho ficou calado por um tempo antes de responder.
— Trabalhar. Eu mesmo vivi muitos anos por lá. Trabalhei como sapateiro e comprei minha carta de alforria.
— Carta de quê?
— Chega de perguntas por hoje! Tu me deixas maluco com tantas perguntas!

Ao entardecer, fomos surpreendidos pela chegada de homens armados que conduziam um grande número de prisioneiros.
— Quem são esses? — perguntei a Mgongo.
— São guerreiros do rei de Cassamba, que é um dos principais fornecedores de escravos para os comerciantes de Luanda.
— E os que estão amarrados?
— São os oaiês. Eles também serão enviados ao Brasil como cativos.

Aos gritos, os guerreiros de Cassamba empurraram os oaiês para dentro do barracão.

Como os recém-chegados eram quase tão numerosos quanto nós, o barracão ficou superlotado.

9
MAIS PODEROSA QUE A RAINHA GINGA

DIAS DEPOIS aconteceu algo que me deixou pasmo.

De um momento para o outro, aparentemente sem motivo, os nzingas e os guerreiros de Cassamba começaram a gritar. Exigiam que nós e os oaiês ficássemos completamente imóveis e em silêncio, sentados, na frente do barracão.

Assustados, obedecemos. Pouco depois escutamos um rumor vindo do meio do mato. Nós nos voltamos na direção daquele som e vimos surgir, por entre as árvores, alguns homens armados de mosquetões. Todos eles vestiam calça e camisa e tinham a cabeça coberta por chapéus.

Assisti a seguir a uma cena realmente espantosa. Apareceram quatro homens altos e fortes, sem camisa e vestindo calças vermelhas de seda, sustentando nos ombros uma longa vara de pau. Entre os dois homens que iam à frente e os dois que iam atrás, no meio da vara, pendurado, havia um objeto estranho, aparentemente feito de tecido.

O que seria?

Minha surpresa cresceu ainda mais quando descobri que dentro daquela coisa estranha havia uma pessoa.

Amedrontado, segurei com força a mão de Mgongo.

— O que é aquilo?

— Cadeirinha de arruar — respondeu o velho, num sussurro. — Ou tipoia ou palanquim.

Um nzinga veio de lança em riste na nossa direção procurando com olhos furiosos os conversadores.

A cadeira de arruar desfilou diante de nós. Pude ver então que nela estava sentada uma mulher, que nos observava com atenção. Tinha uma pele diferente da nossa.

Os homens de calças vermelhas se detiveram, agacharam-se um pouco, e a mulher saiu da cadeirinha. Estava a poucos metros de onde eu me encontrava ao lado de Mgongo. A mulher era muito bonita. Tinha o corpo envolvido por um tecido multicolorido e na cabeça usava um turbante branco.

— Mgongo, velho imprestável, onde estás?

Fiquei muito surpreso por ter ela empregado a nossa língua.

Mgongo, que permanecera o tempo todo com a cabeça enfiada entre os joelhos, livrou-se da minha mão e se levantou.

Devagar, apoiado no cajado, caminhou até aquela mulher surpreendente. Conversaram durante um bom tempo. Ela falava em voz alta e clara e o velho respondia com resmungos. De vez em quando ela ria das respostas que ele lhe dava. Pareceu-me até que em certo momento Mgongo apontou na minha direção e que os olhos da mulher se fixaram em mim, atentos.

Por fim, a visitante se encaminhou para a tipoia e nela se instalou. Os músculos dos homens das calças vermelhas se contraíram e eles partiram a passos lentos e pesados. A cadeirinha sumiu por trás das árvores, no mesmo ponto em que surgira.

O velho voltou a sentar-se ao meu lado.

— Quem é essa mulher, Mgongo?

— Dona Joana Francisca das Graças de Braga-Guimarães.

— Todas as mulheres brancas são tão bonitas como ela?

— Ela não é branca, Kandimba! É mestiça.

— Mestiça?

— Ela é filha de um homem branco e de uma mulher negra. Dona Joana é muito poderosa.

Lembrando-me de uma história que me contava meu pai, perguntei:

— Será tão poderosa quanto a rainha Ginga Mbandi, que vencia os homens nos combates de lança?
— É ainda mais poderosa. Ela possui uma arma mais mortífera do que a lança. Tem muito dinheiro. É a mulher mais rica de Luanda.
— Essa mulher parece ser muito má — comentou minha mãe.
Mgongo voltou-se surpreso para mamãe.
— Dona Joana pode mandar matar quem quiser, sim, sem dó nem piedade, mas eu já a vi salvar muitas pessoas da morte certa.

10
PARA ESCRAVIZAR GENTE PACÍFICA

OS SEMPRE RÍSPIDOS E SILENCIOSOS NZINGAS despertaram sorridentes e falastrões.

Pareciam empolgados por algum motivo. Ordenaram que nós, meninos, saíssemos para brincar na frente do barracão.

Escutamos então, mais uma vez, o som de passos que avançavam pelo mato. Ressurgiram os homens armados de mosquetes, acompanhados por carregadores que suavam sob o peso de grandes balaios. Um homem baixo e gordo, que marchava à frente, parecia ser o chefe do grupo.

Quando os balaios foram depositados no chão, eu e outros meninos nos aproximamos, curiosos. Mal tivemos tempo de ver uns objetos brilhantes porque os recém-chegados nos afastaram dali aos gritos.

— O que é aquilo, Mgongo? — apontei para os balaios.
— Ferros: algemas, grilhões, gargalheiras e correntes.
— Para que servem?
— As algemas serão colocadas nos punhos dos escravos; os grilhões, nas canelas; as gargalheiras, no pescoço. Não há espaço para forquetas em um navio.
— Mas por que usam esses ferros? A mãe disse que ninguém pode fugir de um navio.

O velho sacudiu afirmativamente a cabeça.

— Sim, Kandimba, ninguém escapa de um navio em alto-mar... Mas quando o sofrimento é insuportável as pessoas se revoltam.
— Como assim?

— Sem os ferros, os africanos lutariam contra os marinheiros, tentariam dominar o navio. São muitos os casos de motim a bordo.

Logo surgiram incontáveis homens rolando barris e pipas e carregando caixotes, que depuseram à beira da trilha que atravessava a floresta.

Em seguida, os nzingas e os homens de Cassamba se apossaram dos barris, pipas e caixotes e sumiram pelo mesmo caminho utilizado pouco antes pelos carregadores.

— Essa é a melhor maneira de se ver um nzinga — disse Mgongo. — Pelas costas.

— O que eles vão fazer agora?

— Vão voltar para a terra deles. Lá beberão toda a aguardente que está nos barris e pipas e fumarão o tabaco que está nos caixotes. Esse foi o pagamento que eles receberam dos negreiros de Luanda por terem trazido vocês para cá... Daqui a algum tempo, quando ficarem sem tabaco e aguardente, atacarão outras aldeias para escravizar gente pacífica como vocês.

Vendo que os meninos, aproveitando-se da saída dos nzingas e dos cassambas, corriam para se banhar no rio, deixei Mgongo falando sozinho e fui atrás deles.

O que mais me interessava naquele momento era brincar na água fresca. Nadei muito e mergulhei fundo várias vezes, mas uma frase do velho não me saía do cérebro: para escravizar gente pacífica como vocês.

11
ADULTOS GOSTAM DE ASSUSTAR CRIANÇAS

LOGO DESCOBRIMOS QUE OS HOMENS DE LUANDA que nos vigiavam no barracão, embora vestidos dos pés à cabeça e armados de mosquetões, eram tão brutos como os nzingas.

Até a quantidade de comida que nos serviam era a mesma, muito pouca, mas havia um detalhe importante: ela era mais gostosa.

— Que coisa boa é essa, Mgongo?

— É a farinha do Brasil, que alguns chamam farinha de mandioca.

— Mas por que eles nos dão tão pouca comida, Mgongo?

— Porque pessoas magras ocupam menos espaço no navio.

— Como assim?

— Num navio, onde cabe um homem bem alimentado, os negreiros podem colocar dois magricelos, apertados um contra o outro.

Enquanto refletia sobre aquelas palavras, olhei ao redor.

Sentados ou deitados no chão, agrilhoados e algemados, os homens permaneciam calados e tristes o tempo todo.

Vigiadas pelos guardas armados, as mulheres cozinhavam à sombra das árvores, ladeadas por suas crianças pequenas.

— Até quando ficaremos por aqui, Mgongo?
— Ouvi falar que o tumbeiro que levará vocês ao Brasil já chegou a Angola.
— Tumbeiro?
— Esse é o nome que portugueses dão ao navio que transporta escravos.
— Por quê?
— Um dia tu saberás. Agora, ouve! O navio que levará vocês já está descarregando suas mercadorias. Logo ele fundeará perto daqui para que vocês sejam embarcados.
— Vem comigo ao Brasil! — implorei.
— Não. Eu preciso voltar para a minha terra. Quero morrer lá.
— Mas não vais morrer tão cedo!

O velho sorriu.

— Como? Tu não disseste uma vez que eu já deveria ter morrido há muito tempo?
— Eu era parvo naquela época, mas de lá para cá aprendi muito contigo... Como vamos ser embarcados?
— Durante a noite, botes virão pelo rio até aqui e neles vocês serão conduzidos até o navio. Antes do nascer do sol, todos vocês já estarão balançando sobre o mar.
— Vem comigo! — insisti.

O velho passou a mão pelo meu rosto.

— Eu gostaria de ficar ao teu lado para responder às tuas intermináveis perguntas, Kandimba, mas estou velho demais. Já fiz a viagem entre a África e a América muitas vezes e não gostei do que vi. Nem nos navios nem em terras americanas. Além disso, agora que não posso mais trabalhar, eu não teria dinheiro para pagar minha passagem.
— Mas eu também não tenho dinheiro!
— *Money, argent, plata,* dinheiro. Tu és o próprio dinheiro, Kandimba.

Sentindo que logo perderia aquele que conseguia satisfazer minha insaciável curiosidade, eu o bombardeei com perguntas.

— As pessoas estão falando que seremos enfiados num lugar escuro. É verdade, Mgongo?
— Sim. Porão. É uma das palavras mais feias da língua portuguesa.
— Dizem que é quase impossível respirar nesse lugar. É verdade?

— Sim.
— Falam que durante a viagem vamos comer ainda menos e que quase não beberemos água. É verdade?
— Sim.
— Eu não acredito, Mgongo! Acho que estás apenas querendo me amedrontar!
— Adultos gostam de assustar crianças, sim, mas eu não sou um adulto. Sou um velho.

12
A BATIDA SECA DOS REMOS

POR FIM, chegaram os homens brancos.
Foi no início de uma noite muito escura. Grandes nuvens negras impediam a passagem dos raios de luar quando eles deixaram os botes na beira do rio e se encaminharam para o barracão.
— Por que eles têm o rosto tão largo, Mgongo?
— O rosto deles é do tamanho do nosso — disse o velho, irritado. — Mas eles são muito barbudos.
Os marinheiros se detiveram a poucos metros do barracão.
Mgongo se levantou com dificuldade, caminhou até eles e começou a conversar com o homem que os comandava.
Pouco depois, um grupo de homens da nossa aldeia foi conduzido à beira do rio. Lotados, os botes seguiram rio abaixo. Por algum tempo, ainda ouvimos o bater dos remos na água.
O silêncio no barracão era espantoso, assustador. Em compensação, era intensa a gritaria dos animais noturnos.
Ficamos imóveis e calados até escutarmos de novo a batida seca dos remos na água. Então um prolongado suspiro — de alívio ou de medo, não sei — percorreu o barracão. Os botes se aproximavam para conduzir mais uma carga de seres humanos.
Durante um bom tempo esperei ansiosamente para ser embarcado. Eu me lembrava das advertências de Mgongo sobre os sofrimentos que enfrentaríamos na viagem, mas achava que, apesar de tudo, seria interessante viajar naqueles botes e que ainda mais sensacional seria subir a bordo de um grande navio.

Mamãe, meu irmão e eu ficamos entre os últimos. Não resisti ao sono e, deitado na esteira, adormeci com a cabeça apoiada no colo de minha mãe.

13
IMOBILIZADO PELO OLHAR HOSTIL

PARA GRANDE SURPRESA MINHA, descobri ao acordar que não estava em um porão lotado com pessoas desesperadas, como me descrevera Mgongo.

Eu estava deitado sobre uma superfície macia. Olhei ao redor. O lugar era bem iluminado, amplo e limpo. Ainda assim, a mesma sensação ruim que eu vivera no dia do ataque dos nzingas se apossou de mim. Assustado, eu me pus de pé com um salto.

Aquele era um lugar estranhíssimo. Eu nunca vira nada como aquilo. Olhei para cima. Nem céu e nem Sol.

Girei em torno de mim mesmo e me encontrei cercado por um branco tão branco que me doía nos olhos.

Teria eu morrido e chegado à morada dos ancestrais?

Baixei os olhos à procura da esteira sobre a qual havia dormido na noite anterior, mas o que vi foram uns pés finos que me pareceram ser de madeira.

Aquilo onde eu dormira seria um bicho? Morderia?

Cauteloso, dei um passo à frente.

Foi então que vi uma mulher baixa e gorda, vestida de branco dos pés à cabeça, parada na única abertura que havia naquele lugar. Com as mãos na cintura, ela me mirava com olhos duros.

— Senta na cama! — ordenou.

Embora não entendesse o que ela dizia, compreendi que deveria me acomodar sobre aquela esteira suspensa sobre pernas finas.

Temeroso, obedeci.

— Faz assim! — gritou, ao mesmo tempo que erguia os braços.

Imitei o gesto dela, que me enfiou então à força um camisolão de tecido áspero.

— Agora, fica parado aí! — o movimento do dedo dela não deixava dúvida.

Quando me imobilizei, minha barriga roncou. Instintivamente, movimentei as mãos como que para estrangular aquele ruído inconveniente.

— Nesta casa vais comer até ficar do meu tamanho — ela fez um lento gesto circular com a mão aberta sobre o próprio ventre, imenso, e riu.

O riso dela era desagradável.

Senti uma vontade louca de sair correndo dali para ver se encontrava minha mãe e meu irmão, ou até mesmo Mgongo, mas não me movi. Estava acuado pelo olhar hostil da mulher, que me deu as costas e desapareceu.

O navio carregado com minha gente certamente já havia partido. Mas onde eu estava?

Escutei passos leves que vinham na minha direção.

14
O MISTERIOSO OBJETO RETANGULAR

ERA A MULHER DA CADEIRA DE ARRUAR.

De perto, sorrindo para mim, ela era ainda mais bonita.

— Agora és meu, Kandimba. O velho Mgongo pediu-me que cuidasse bem de ti.

— Onde está minha mãe? — balbuciei.

— Um dia, quando fores bem maior, tu te juntarás a ela. Até lá eu serei uma segunda mãe para ti.

— Mas eu prefiro minha própria mãe — argumentei.

— Mgongo tinha razão — dona Joana sorriu. — Ele me contou que passas o tempo a dizer disparates e a fazer perguntas surpreendentes.

— Mgongo é um mentiroso! — explodi. — Ele falou que eu iria para o Brasil com minha mãe e meu irmão, mas agora estou sozinho aqui.

— Sim, ele mentiu, mas quem não mente? Talvez um dia precises mentir. Aí, te lembrarás do velho Mgongo, um homem excepcional... Peço que tenhas confiança em mim. Vem!

Recalcitrante, eu a segui. Andamos por um lugar que me lembrou uma passagem fechada entre árvores altas.

Naquele primeiro dia na casa de dona Joana temi que as paredes do corredor caíssem por cima de mim e me esmagassem.

Chegamos a um grande salão, atravancado por incontáveis móveis luxuosos. Parei no limiar, assombrado com as muitas mesas, cadeiras e poltronas, mas o que mais me impressionou foram os quadros pendurados nas paredes: dentro deles havia umas pessoas muito pequenas que me pareceram vivas, ainda que imóveis.

Dona Joana estirou-se em um sofá.

— Senta ali! — apontou para uma cadeira, num canto, perto de onde estava. — E fica bem quietinho.

Enquanto me dirigia ao local indicado, notei que dona Joana abria um pequeno objeto e nele fixava o olhar. De vez em quando ela movimentava com a mão algo no interior daquele objeto, sem retirar os olhos dele.

Permaneci imóvel por muito tempo. Ela não me olhou uma só vez. Era como se eu não existisse para ela. O silêncio só era interrompido de vez em quando por um leve crepitar que acompanhava o movimento da mão direita de dona Joana.

Por fim, a mulher do olhar malvado entrou na sala sem fazer ruído. Caminhou até perto da dona da casa e pigarreou para chamar-lhe a atenção.

— Senhora, a comida está pronta.

Dona Joana fechou o pequeno e misterioso objeto retangular e cravou os olhos na serviçal.

— Já deste alguma coisa de comer a este miúdo, Mukenge?

— Não, senhora. Esqueci-me.

— Esqueceste? Pois a partir de agora trata de alimentá-lo muito bem! Se descuidares da comida dele, eu não mais permitirei que comas, às escondidas, os doces que tu me roubas todos os dias. Entendeste?

— Perfeitamente, senhora.

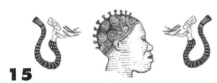

15
MARES NUNCA DANTES NAVEGADOS

FOI ASSIM que entrei para a casa de dona Joana.

Já no primeiro dia descobri que Mukenge era cínica, má e não gostava de mim.

O que mais me intrigou, porém, foi o fato de dona Joana passar muitas horas absorta na contemplação daquele pequeno objeto aparentemente sem graça.

Imóvel e sem fazer ruído, atravessei meus dias iniciais em Luanda sentado naquela cadeira. Não era nada divertido, mas era bem melhor do que caminhar o tempo todo debaixo de sol forte, escutando os gritos ameaçadores dos nzingas.

Como a cadeira era confortável, estofada no assento e no recosto, eu dormia a maior parte da manhã. Mas à tarde, após o almoço, meu corpo formigava, ansioso por ação.

Pela janela entreaberta, entravam os sons da rua. Gritos de vendedores, risos, conversas animadas e o badalar dos sinos. Eu desejava sair, mas tinha de permanecer ao alcance da voz de dona Joana. Minha única tarefa consistia em chamar Mukenge quando a dona da casa queria dar alguma ordem a ela.

Certo dia, como se por fim tivesse descoberto que eu estava ali, dona Joana se dirigiu a mim.

— Vamos, Kandimba! Faça-me uma pergunta.
— Como a senhora aprendeu a falar minha língua?
— Minha avó nasceu na mesma aldeia em que nasceste. Ela me contava histórias de lá quando eu era pequena... Vamos, outra pergunta!
— O que há dentro disso que a senhora tem nas mãos?
— Isto é um livro. Vem até aqui. Olha! Cada um destes sinaizinhos é uma letra. Várias letras formam uma palavra. Um grupo de palavras forma uma frase. Uma sequência de frases conta uma história.
— Então é como se alguém, sem abrir a boca, contasse uma história para a senhora?
— Exatamente. A melhor conversa que se pode ter é com um livro. Quando um livro nos diz uma tolice, podemos fechá-lo na mesma hora.
— Eu gostaria muito de acreditar na senhora.
— Estás me chamando de mentirosa?
— Não! Mas o que a senhora diz é inacreditável.

Calei-me bruscamente por achar que havia exagerado na minha desconfiança e que dona Joana me pediria que lhe entregasse a palmatória com a qual às vezes sapecava umas lambadas nas mãos em Mukenge.

— Escolhe uma página qualquer deste livro, Kandimba.

Como queria conhecer a história desde o começo, optei pela primeira página.

Dona Joana pigarreou e com sua voz cristalina declamou:

As armas e os barões assinalados,
Que da ocidental praia Lusitana,
Por mares nunca de antes navegados,
Passaram ainda além da Taprobana,
Em perigos e guerras esforçados,
Mais do que prometia a força humana,

E entre gente remota edificaram
Novo Reino, que tanto sublimaram; [...]

16
A MÚSICA ENCANTADORA DAS PALAVRAS

FIQUEI PARALISADO ao final daquela leitura.
Aquilo era pura música, com as palavras substituindo tambores e chocalhos.
Quando o dedo de dona Joana correu para a segunda estrofe, eu gritei:
— Não! Repita, por favor!
Ela me olhou intrigada.
— Eu gostaria de escutar mais uma vez o começo dessa história — expliquei, mais calmo. — Deve ser muito bonita, embora eu não tenha entendido nada.
— É o mais belo poema da língua portuguesa.
Com o dedo indicador deslizando por baixo das palavras, ela releu os versos iniciais.
— A senhora poderia ler ainda outra vez?
— Não queres conhecer toda a história?
— Mais do que conhecer, eu quero gravá-la na minha mente.
Ao final da terceira leitura, para total estupefação de dona Joana, eu consegui reproduzir os oito versos. Minha pronúncia não era boa, mas eu imitava bastante bem a música das palavras, mesmo não conhecendo o significado de nenhuma delas.
— O que está escrito aqui? — o dedo de dona Joana correu sob a primeira linha.
— As armas e os barões...
Ela me interrompeu:
— Aqui! Esta é a letra *a*, a primeira do alfabeto. A cobrinha é o *s*. A mais *s*: *as*.
Foi assim que comecei meu aprendizado da língua portuguesa.
Meses depois, ao fim do Canto Primeiro de *Os Lusíadas*, após ter decorado as 106 estrofes iniciais, eu já sabia ler e falar corretamente o português.
— Daqui em diante, seguirás sozinho — disse dona Joana.
Por todo o tempo em que morei naquela casa, dia após dia, dediquei-me

à leitura do poema que narra a descoberta do caminho marítimo para a Índia pelos portugueses comandados por Vasco da Gama.

17
UMA MÁSCARA DE PELOS VERMELHOS

CERTO DIA eu me enchi de coragem e enfrentei dona Joana.
— Senhora, eu gostaria de sair à rua.
— O que pode haver de tão interessante nas ruas de São Paulo de Luanda que atraia a atenção de um menino bem-comportado como tu?
Dei-lhe a primeira resposta que me veio à mente.
— A chuva.
Chovia desde o início daquela manhã.
— O que te atrai na chuva, Kandimba?
— Gosto muito de beber a água da chuva, senhora. Quando pequeno, aprendi a caminhar com a boca aberta, voltada para cima, a fim de beber a água que caía do céu. Eram raras as chuvas na nossa terra.
— Está bem, vai. Mas volta imediatamente assim que parar de chover!
Tive sorte. Choveu durante muito tempo e eu pude passear livremente pelas ruas de Luanda, embasbacando-me com tudo que via.
Minha primeira grande surpresa veio já ao sair à rua. Andei alguns passos e me voltei para contemplar a casa em que estava morando. Era imensa: com seus dois andares e suas muitas janelas.
Dobrei a primeira esquina e segui caminhando pelo meio da rua. Não havia uma só casa que se comparasse à de dona Joana. As ruas estavam coalhadas de vendedores, homens e mulheres, que aos berros anunciavam suas mercadorias. A todos eu observava atentamente. Quando senti fome, pedi uns doces, mas a mulher que os carregava num tabuleiro exigiu-me dinheiro, que eu não tinha. Aliás, eu nunca vira uma só moeda.
Retornei no início da noite.
Dona Joana me esperava de palmatória na mão.
— Eu deveria dar-te uns dez bolos pela demora.
Embora parecesse brava, eu percebi que ela estava mesmo era aliviada por ver-me de volta.
— A culpa é da chuva, senhora. Só agora parou de chover.

— O que achaste da nossa Luanda?
— Há muita gente nas ruas.
— Claro! Esta cidade tem cinco mil habitantes... Mas o que viste de mais interessante?
— Um homem sentado em cima de um animal como eu nunca vi outro.
— Deves ter visto um homem montado em um cavalo. Que mais?
— O tal homem tinha o rosto escondido por trás de uma máscara de pelos vermelhos.
— Viste um ruivo barbudo.
— Mas o mais curioso é que a parte que se podia ver do rosto dele era da mesma cor dos pelos.
— Bochechas vermelhas! Provavelmente ele havia bebido uns copinhos de vinho... Tens fome?
— Eu seria capaz de comer um elefante inteiro, senhora.

18
MOLEQUE DE RECADOS

DALI EM DIANTE, passei a sair à rua todos os dias.

Pela manhã, comodamente instalado na cadeira estofada, eu mergulhava na leitura de Os Lusíadas.

À tarde, eu levava recados de dona Joana para pessoas importantes da cidade. Quando nada tinha a fazer, simplesmente flanava pelas ruas.

Criado em uma aldeia de algumas poucas cabanas, eu gostava muito de passear por Luanda. Costumava circular pelas ruas calçadas, que eram apenas duas. As casas dali eram pintadas de diferentes tonalidades, mas o telhado de todas era de um vermelho bem vivo.

Se ainda me restasse algum tempo antes do cair da noite, eu me dirigia às ruas de terra socada, onde as casas eram menores e só umas poucas estavam pintadas.

Eu me sentia muito orgulhoso ao regressar ao local onde vivia porque o casarão de dona Joana na praça do Comércio era maior até mesmo do que o Palácio do Governador.

Certo dia, ao final de mais um desses meus passeios, dona Joana me interrogou:

— Já conheces bem a nossa Luanda, Kandimba?
— Tão bem como a palma de minha mão, senhora. Eu poderia cruzá-la à noite de olhos fechados.
— À noite? Me deste uma ideia. A partir de hoje tu vais me acompanhar em todas as minhas visitas noturnas.

Emocionado ao extremo, gaguejei:
— A se-senhora quer que eu conduza a sua be-berlinda?
— Não, de jeito nenhum! — ela sorriu. — Kitapepe continuará sendo meu cocheiro. Tu seguirás a pé, correndo ao lado da berlinda. Se durante uma festa, precisar enviar um recado a alguém, eu te despacharei. Tu serás meu moleque de recados também à noite.

19
O TIRO DADO POR UM BÊBADO

PASSEI A SAIR QUASE TODAS AS NOITES porque dona Joana era convidada para todos os saraus em casas de pessoas importantes de Luanda. De peito inflado, altivo, eu corria ao lado da bela carroça de quatro rodas que era puxada por Audaz, considerado o mais belo cavalo da cidade.

O grande acontecimento social de Luanda era o baile das noites de sábado no Palácio do Governador. No pátio traseiro, onde ficavam as carroças e as cadeiras de arruar, eu me divertia ouvindo a conversa dos quatro cocheiros da cidade: Kitapepe, Samahina, Mambo e Kalundungu. Eles se consideravam os sujeitos mais importantes de Luanda, mais importantes até que seus patrões. Mas para mim era difícil descobrir qual deles era o mais simplório e o mais arrogante. Eles torciam o nariz e não diziam uma só palavra quando os carregadores de cadeirinhas tentavam conversar com eles.

Foi ao final de uma dessas festas, bem depois de a banda militar ter executado sua última música, que vivi uma grande aventura.

Só restávamos Kitapepe e eu no pátio. Todas as carroças e cadeirinhas já haviam partido. Sonolento, eu dormitava encostado à berlinda quando dona Joana se aproximou conversando com o governador. O cocheiro estendeu a mão à nossa ama, que colocou o pé no estribo e, com um movimento muito ágil, subiu no carro.

Mal dona Joana se ajeitou no assento, um homem que eu vira sair cambaleante do Palácio deu um tiro de pistola para o alto.

Assustado, Audaz partiu em disparada.

No reflexo, sem raciocinar, eu me agarrei à lateral da berlinda e arranquei junto com ela.

O gordo Kitapepe permaneceu parado no pátio, apalermado.

Minhas pernas se moviam numa velocidade espantosa, como se corressem independentemente da minha vontade.

Escutei a voz amedrontada de dona Joana:

— Santa Maria, mãe de Cristo, ajudai-me!

Atravessei o quarteirão calçado agarrado à berlinda, que sacolejava furiosamente. Depois, quando entramos em uma rua de terra batida, ao perceber que poderia ser ouvido por minha ama, gritei:

— Não se desespere, senhora! Eu a salvarei!

Foi só então que ela soube que eu estava agarrado à berlinda.

— Te cuida para não caíres, Kandimba!

Quando percebi que Audaz reduzia a velocidade, eu me soltei da berlinda, acelerei a corrida e pulei no lombo dele. Segurei firmemente as rédeas e comecei a puxá-las suavemente. Ao mesmo tempo, acariciava o pescoço do cavalo e falava carinhosamente com ele.

— Calma, Audaz! Foi só um tiro dado por um bêbado idiota.

Logo o cavalo voltou à marcha cadenciada e elegante de sempre.

— A partir de amanhã substituirás Kitapepe — disse dona Joana ao desembarcar. — Acho que ele está pesado demais para o nosso querido Audaz.

20
UMA VOZ QUE TENTAVA PARECER FRIA

PASSEI ENTÃO a ser o cocheiro de dona Joana. Eu a levava às caçadas de crocodilos no rio Bengo e também a transportava quando ela ia verificar os carregamentos de tecidos, aguardente e tabaco trazidos do Brasil por um dos seus navios.

Certa noite, ela me chamou à sala.

— Tenho duas notícias para dar-te, Kandimba.

A voz de dona Joana tinha a doçura da voz de minha mãe quando ela cantava nas noites de trovoada.

— Primeira: vou emprestar-te a um homem santo. Conheces o Paizinho Coração?

— Claro! Cruzei várias vezes com ele nas ruas de Luanda. Que serviços eu prestarei a ele?

— Ele sofre muito para caminhar. Tu oferecerás teu ombro a ele e o acompanharás para onde quer que ele te ordene que vás.

— Eu me sentirei muito honrado por poder ajudar um santo ancião.

— O ajudado serás tu. Enquanto servires ao Paizinho Coração, aprenderás muito. Ele te ensinará o valor das sete virtudes capitais que são: caridade, bondade, humildade, paciência...

Ansioso, intuindo que dona Joana deixara o pior para o fim, eu a interrompi:

— Mas qual é a segunda notícia, senhora?

— Viajarei ao Brasil.

— Vai levar-me consigo?

— Não! Irás mais adiante, no tempo certo.

Esforçando-me para não chorar, decidi apelar aos sentimentos de minha ama.

— Mas a senhora é tudo para mim! Ensinou-me a ler...

— Eu apenas te dei um pequeno empurrão. Foste em frente sozinho e lograste aprender em pouquíssimo tempo o que a maioria das pessoas não consegue em uma vida muito longa. Se fosse uma mulher menos prudente, eu diria que tu és muito inteligente. Mas eu não o digo para que não fiques soberbo. A verdade, Kandimba, é que estás a te transformar em um belo rapaz.

— Graças à alimentação que a senhora me dá graciosamente.

Ela se levantou de súbito e caminhou até uma janela entreaberta e de lá, de costas para mim, olhando para a rua, falou em um tom que tentava parecer frio.

— Eu te alimento porque trabalhas para mim. Aliás, todos os senhores fazem o mesmo com os seus cativos...

— Eu, cativo? — Mais gritei do que perguntei.

Eu não me considerava um escravo de dona Joana. Aliás, ela não havia dito que seria uma segunda mãe para mim?

21
O PRIMEIRO DEGRAU DA DOR

DONA JOANA DEMOROU a responder.

— Sim. Comprei-te ao Mgongo.

— Mgongo?

— Sim. Quando os nzingas foram recompensá-lo pelo seu trabalho de tradutor, ele te pediu em pagamento. Os nzingas aceitaram porque valias menos do que o barril de aguardente que deveriam entregar ao velho.

— Eu valia menos que um barril de aguardente?

— Bem menos... Mas Mgongo se afeiçoara a ti. O velho comprou-te já pensando em vender-te a mim depois.

— Por que agiu ele assim?

— Acreditava que tu não resistirias à viagem até o Brasil.

— Mas ele me afastou de minha mãe e de meu irmão! — reagi, indignado.

Com um gesto brusco, dona Joana escancarou a janela. Os barulhos da rua penetraram com força na sala fazendo com que ela levantasse a voz para ser ouvida por mim.

— Ele agiu assim para que sofresses menos. Mgongo tinha certeza de que, se não morresses na travessia, serias separado de tua mãe já na chegada ao Brasil. Por esse motivo preferiu vender-te para mim. Na noite em que te trouxe para minha casa, ele me pediu que fosse carinhosa contigo e que só te vendesse depois de teres te transformado em um rapaz...

— Velho maldito! — gritei. — Como pude me enganar tanto a respeito dele? Eu o considerava quase um avô.

— Apanha já a palmatória! — Dona Joana alteou ainda mais o tom de voz.

— O que Mukenge fez de errado, senhora?

Dona Joana não conseguiu evitar uma risada nervosa, que lhe saltou da garganta, mas controlou-se em seguida.

— A palmatória é para ti!

Enquanto me aplicava umas fracas palmatoadas, as primeiras que eu recebia, lágrimas não paravam de escorrer dos olhos dela.

— A senhora me castiga porque amaldiçoei Mgongo?

— Não. Estou atendendo a um pedido dele. Mgongo me pediu que te ensinasse o que é a dor usando uma palmatória.

— Por quê?

— Porque a palmatória é o primeiro degrau da dor física. Depois vem o chicote.

22
ENGANANDO O BOM DEUS?

DEIXEI O CASARÃO segurando contra o peito o exemplar de *Os Lusíadas* que ganhara de dona Joana e equilibrando na cabeça uma pequena trouxa com minhas poucas peças de roupa. Naquela casa imensa eu aprendera a ler e a falar o português. Também ali, com os incontáveis escravos, eu me adestrara nas línguas de Angola.

Só parei de choramingar quando me vi diante do prédio que abrigava a congregação dos franciscanos. Pareceu-me até maior do que o palacete de dona Joana, mas tinha poucas janelas, e todas muito pequenas.

Guardei *Os Lusíadas* na trouxa e bati à porta.

Depois de uma longa espera, surgiu diante de mim um rapaz magricelo enfiado em um traje religioso. Olhou-me de alto a baixo, atentamente, antes de falar:

— Hoje não é dia de esmolas.

— Venho para ser o ajudante de Paizinho Coração.

— Entra!

Cruzei o umbral e me vi numa sala ampla, escura e fria.

Sem uma palavra, o magriço arrancou. Caminhava depressa, como se quisesse ver-se livre de mim logo.

Seguimos por um corredor interminável, ao longo do qual passamos por incontáveis quartinhos. Como nenhum deles tinha porta, pude ver que estavam quase nus de móveis. Confesso que me senti desapontado porque me acostumara ao luxo e à opulência da residência de dona Joana.

Entramos no último quarto do corredor.

— Aqui está o vosso escravo, Paizinho! — disse o jovem.

O sacerdote não se moveu. Continuou rezando ajoelhado diante de um crucifixo. Depois de um bom tempo, persignou-se. Com grande esforço, levantou-se e sentou no catre. Por fim, sem mirar o magrelo, apontou para o corredor e urrou:

— Some, nulidade! Desaparece da minha vista!

Sua voz era tão poderosa que eu quase me precipitei para o corredor.

Com um risinho cínico, o rapaz que me trouxera até ali deslizou para fora do quarto.

Paizinho Coração pôs-se de pé e eu descobri que ele era um homem muito alto e magérrimo. Sem sequer olhar para mim, colocou seu braço direito sobre o meu ombro e disse com sua voz de baixo profundo:

— A partir de hoje serás minha muleta, miúdo.

Impulsionou-me para diante e acrescentou:

— Vamos à guerra contra o mal!

Lentamente, atravessamos o longo corredor.

Ao sairmos à rua, defrontamo-nos com um dia ensolarado e fresco.

— Obrigado, Senhor, por mais este belo dia, embora eu ache que a humanidade não merece nada além de trevas — disse Paizinho Coração.

Enquanto caminhávamos, ele rezava em voz baixa. De vez em quando, como se falasse consigo mesmo, soltava comentários.

— O inferno é pouco. O Senhor deveria ter inventado uma hospedaria ainda pior para receber os pecadores falecidos.

Alguns minutos depois, soltava mais uma.

— Pensando bem, Senhor, a ressurreição é um despropósito. Para que trazer os mortos à vida novamente? Para que continuem a pecar?

Após meia hora de caminhada chegamos a uma igreja. Entramos. Paizinho ajoelhou-se na última fileira de bancos e apontou para a rua.

— Fica ali fora a apanhar sol nos miolos enquanto eu tento convencer o Senhor a perdoar essa corja de pecadores.

Pouco depois, escutei um forte assovio vindo do interior do templo.

— Vamos, miúdo! — comandou o sacerdote. — Andemos até nossa próxima trincheira.

O entra e sai das igrejas — com o ajoelhar na última fileira, as rezas fervorosas e os estrondosos assobios — repetiu-se ao longo de todo aquele dia.

— Por que o senhor não reza em uma igreja só?

Foi exatamente essa a primeira frase que dirigi a ele.

Paizinho examinou-me atentamente com uns olhos que expeliam furiosas chamas verdes.

— Eu não tenho motivos para responder a um miúdo insignificante como tu, mas responderei. A verdade é que Nosso Senhor gosta de ouvir preces vindas de todos os seus templos, mesmo os mais humildes.

Não consegui controlar minha língua.

— Ao agir assim, rezando em variadas igrejas, não estará o Paizinho tentando enganar o bom Deus?

A voz dele tornou-se mais forte, mais espessa, encrespou-se:

— O que estás querendo insinuar?

— Estou só perguntando se Paizinho acha correto fazer crer a Deus Nosso Senhor que há pessoas rezando em todos os templos de São Paulo de Luanda quando, na verdade, esses templos encontram-se entregues às moscas.

O velho ergueu seus olhos claros para o céu. Parecia estar a indagar de Deus que pecado havia cometido para receber um auxiliar tão inconveniente. Depois, soltou um longo suspiro e voltou-se para mim:

— Bem que dona Joana alertou-me que costumas fazer perguntas inoportunas. Faz outra!

— Que idade tem o senhor?
— Por que me perguntas isso?
— Porque nunca me defrontei com alguém que me parecesse tão idoso quanto o senhor.
— Completarei um século daqui a dez anos. Mas, graças ao Senhor, estou perfeitamente lúcido, embora minhas pernas já não prestem atenção às ordens que meu cérebro dá a elas.

23
AS LADROAGENS PRATICADAS TODOS OS DIAS

OS DIAS SEGUINTES foram idênticos ao primeiro.

Sempre que nos movimentávamos pelas ruas de Luanda, indo de um templo a outro, éramos parados por pessoas que desejavam receber uma bênção.

Paizinho Coração abençoava a todos, embora a contragosto, porque, para ele — homens ou mulheres, crianças ou velhos — todos eram grandes pecadores.

Certa vez uma mulher perguntou a ele:

— Paizinho, é verdade que Deus Nosso Senhor nos ressuscitará a todos no dia do Juízo Final?

— A mim ele ressuscitará, sem dúvida. Mas a ti, não. Fofoqueiras não terão direito à ressurreição.

A mais impressionante resposta que ouvi dele foi a que deu ao governador-geral.

— Paizinho, o senhor poderia ouvir minha confissão?

— Depende. Pretendes falar a verdade?

— Bem, eu creio que...

— Não! Não te confesses! Mentir para o Todo-poderoso é um pecado ainda mais grave do que as ladroagens que praticas todos os dias.

As reprimendas mais fortes do velho sacerdote, porém, eram destinadas aos humildes vendedores de rua.

— Avarentos! Vocês arderão eternamente no círculo do inferno destinado aos gananciosos!

24
À NOITE, ÀS ESCONDIDAS, À LUZ DE VELA

PASSADO UM ANO DA MINHA CHEGADA À CASA DOS PADRES, Paizinho Coração perdeu totalmente o movimento das pernas. Por essa época, eu já era mais alto do que ele.

Na manhã em que não conseguiu se erguer sozinho do catre, perguntou-me que idade eu tinha.

— Não sei dizer — respondi, mas em seguida emendei: — Lembro que certa vez meu pai disse que eu nasci na época em que os portugueses mataram o rei do Congo.

— Deves estar com quinze anos agora — disse o sacerdote, depois de refletir por um tempo. — Portanto já tens idade para carregar-me às costas, o que farás a partir de hoje.

Daquele dia em diante nossa movimentação pelas ruas de Luanda foi reduzida apenas à parte da manhã. Bem cedo, depois da missa e de uma refeição frugal, Paizinho montava em minhas costas.

— Anda, miúdo! Vamos enganar Nosso Senhor!

E partíamos em direção a uma igreja. Depois a outra.

— Apesar de suares feito um condenado, Kandimba, tu te beneficias do fato de me carregares de um lado a outro.

— O que ganho eu, Paizinho? Um pouco da sua bondade? Da sua sabedoria?

— Não! Ganhas músculos! Enquanto me transportas pelas ruas desta cidade tão pecadora quanto Sodoma e Gomorra, juntas, tu te tornas mais forte a cada dia.

Durante a tarde, sentado no catre, com as costas apoiadas à parede, ele rezava ou lia a Bíblia.

Certo dia, vendo que ele estava mergulhado em pensamentos que deviam ser dolorosos, pois fazia caretas sofridas, eu o interroguei:

— Em que pensa o bom Paizinho?

— Penso na morte. Sinto que ela anda a passear por este casarão. A cada dia se aproxima mais do quartinho em que nos encontramos.

— Se dou de cara com a Morte, Paizinho, eu a ponho a correr!

O sacerdote sorriu francamente.

— Dona Joana me disse que sabes ler. É verdade?

Demorei a responder. Eu nunca dissera ao Paizinho que sabia ler porque temia que ele me tomasse *Os Lusíadas*, que eu só lia à noite, às escondidas, à luz de vela, no meu quartinho.

— Sim, sei ler — admiti, por fim. — Mas infelizmente conheço um só livro: *Os Lusíadas*. Não tive chance de ler outro.

— Isso vai mudar, miúdo. A partir de amanhã, todas as tardes, lado a lado, leremos o Livro Sagrado. Avançaremos livro a livro, do princípio ao fim, do Gênesis ao Apocalipse.

25
PROVAS AINDA MAIS DURAS

ENTRE AS CAMINHADAS MATINAIS COM PAIZINHO na garupa e as leituras do Livro Sagrado, transcorreram anos muito felizes para mim.

No dia em que começaríamos a leitura do Apocalipse, o sacerdote pegou-me pela mão. Recordo-me do seu gesto porque foi a primeira, única e última vez em que segurou minha mãozorra entre suas mãos de dedos descarnados.

— Das personagens da Bíblia, qual foi a que mais te impressionou até aqui, miúdo?

— Jó — respondi.

— O que te chamou a atenção na história dele?

— O Senhor permitiu que Satanás destruísse a família de Jó. Foi mais ou menos isso que aconteceu comigo. Meu pai foi assassinado pelos nzingas e minha mãe e meu irmão foram vendidos como escravos.

— Por acaso, tu, como Jó, tiveste alguma dúvida sobre a bondade de Deus?

Com medo de dizer a verdade, forcejei para botar minha mandíbula a funcionar.

— Dúvida, propriamente, não tive. Mas me recordo bem de uma frase que Jó dirigiu ao Senhor: "Por qual razão me tornaste teu alvo?".

Paizinho encarou-me longamente, chegou a mover os lábios, mas nada disse.

O Apocalipse me pareceu um livro muito confuso, incompreensível mesmo, mas causou profunda impressão em Paizinho Coração. Assim que lemos a última frase, ele me entregou a Bíblia.

— Este livro agora é teu. Cuida bem dele.
— Eu não o mereço, Paizinho!
— Presta atenção ao que vou te dizer. Quando perderes toda a esperança, volta teus olhos para o céu. É de lá que sempre vem a salvação.
— Paizinho, não me deixe!
— Ajoelha-te ao lado de minha cama. Daqui a pouco eu morrerei. Assim que escutares meu último suspiro, rezarás um pai-nosso e uma ave-maria pela minha alma. É só o que te peço.

Sacudido por soluços, eu me desesperei.

— Que fiz eu para que Deus roube de mim também o senhor, Paizinho Coração? Ele me tomou meu pai, minha mãe, meu irmão, me afastou de dona Joana e até mesmo do velho Mgongo!

— Talvez Deus te reserve provas ainda mais duras. Mas eu pedirei a Ele que te ajude a atravessar o oceano para que possas reencontrar os teus. Como já prestei bons serviços a Ele, creio que agora tenho o direito de pedir-Lhe esse pequeno favor.

Depois dessas palavras, ditas em voz baixa e fraca, Paizinho Coração cerrou os olhos e entregou sua alma ao Criador.

26
O TERRÍVEL SENTIMENTO DE HUMILHAÇÃO

O ENTERRO DE PAIZINHO CORAÇÃO foi no começo da manhã.

Depois, o dia arrastou-se, nublado e frio. Parecia não ter fim.

À noite, demorei a dormir. Pensava no velho sacerdote, e a lembrança que mais me comovia era a da alegria dos vendedores de rua ao vê-lo, mesmo sabendo que seriam xingados por ele.

Parecia-me que estava dormindo havia apenas um minuto quando fui sacudido por fortes empurrões. Ao tentar me levantar, percebi que tinha as mãos amarradas às costas.

Abri os olhos. Uma vela estava acesa sobre a mesinha. Vi dois homens ao lado do meu catre segurando chicotes. Eu os reconheci logo. Eram portugueses que trabalhavam para um importante traficante de escravos de Luanda.

— Fomos obrigados a vender-te, Kandimba — disse alguém que eu não podia ver. — Necessitamos de dinheiro para a construção de uma igreja em Benguela.

— Mas eu pertenço à dona Joana! — argumentei.

— Pertencias — retrucou a mesma voz, que reconheci como sendo a de um dos padres. — Dona Joana legou-te à nossa congregação antes de viajar ao Brasil... Nós já poderíamos ter-te vendido, mas preferimos aguardar a morte do Paizinho Coração.

Aos empurrões, atravessei o longo corredor que levava ao salão de entrada.

Na porta da rua empaquei.

— Preciso levar meus livros, *Os Lusíadas* e a Bíblia!

— Para onde vais não há luz para leituras! — disse um dos portugueses e deu-me um murro nas costas.

Lancei um último olhar para o casarão dos franciscanos. Sabia que sentiria muita falta dos meus livros, mas lamentava especialmente não trazer comigo a Bíblia, um exemplar da primeira edição em português. Não carregava nem mesmo a trouxa de roupas com a qual chegara ali. Estava de pés descalços e tinha sobre o corpo uma camisa velha e uma calça rota.

Caminhamos a passos largos durante muito tempo.

Por fim, quando saímos de um trecho densamente arborizado, nos defrontamos com um curso de água.

Um bote estava encostado à margem. Perto dele, havia dois homens sentados no chão que, ao perceberem que chegávamos, se levantaram e embarcaram rapidamente.

Um dos portugueses empurrou-me para dentro do bote e no mesmo instante aplicou-me uma chicotada nas costas.

A dor foi brutal, porém eu não gritei. Caí de joelhos. Tentei erguer-me, mas não consegui. Eu só tinha um desejo naquele momento: esganar com minhas mãos aquele que me havia açoitado. A dor era intensa, mas ainda mais terrível era o sentimento de humilhação.

Girei o rosto. O homem que me agredira sorria.

— Voltarei — eu disse. — Voltarei e te farei comer esse chicote.

— Voltarás? — perguntou ele, debochado. — Quando? Ainda esta semana?

— Voltarei antes do que imaginas. Mas serei gentil. Cortarei o chicote em pedacinhos para facilitar-te a digestão.

— Não sejas tão arrogante — disse em português, com um sotaque que eu desconhecia, o homem que estava mais próximo de mim no bote. — Os chicotes dos navios machucam tanto quanto os de terra.

— Obrigado pelo aviso — respondi. — Como é teu nome?

O homem, que tinha a pele escura como a minha, observou-me atentamente, avaliando se devia ou não falar comigo.
— Rufino — murmurou, por fim.

27
UM TAPETE DE CORPOS HUMANOS

IMPULSIONADO PELOS REMADORES, o bote afastou-se da margem e deslizou suavemente sobre a água que o sol nascente avermelhava.

Lamentei estar com as mãos presas às costas. Gostaria de poder limpar as lágrimas de fúria e indignação que me escorriam dos olhos.

Tentei recordar o que me dissera dona Joana sobre palmatórias e chicotes, porém não consegui lembrar as exatas palavras dela.

Desinteressados de mim, os remadores se esforçavam ao máximo.

O navio surgiu depois de uma curva do rio.

Impressionante! O *Sagrado Socorro* era muito mais bonito do que todas as embarcações que eu vira no livro de gravuras náuticas de dona Joana.

"Sem dúvida, é um brigue", pensei.

A visão daquele navio tão lindo me fez esquecer a chicotada e eu senti crescer em mim a esperança de rever minha mãe e meu irmão.

— Levem o escravo para o porão! — gritou alguém quando pisei no convés. — Levantar âncora!

Com gestos rápidos, Rufino retirou a corda que me prendia as mãos, colocou-me algemas nos punhos e grilhões nas canelas.

Depois me conduziu até uma grande escotilha gradeada, que se abriu com um rangido assustador.

— Entra! — ordenou.

Desci os degraus que levavam ao porão.

— Abaixa a cabeça! — disse Rufino, e começou a descer a escotilha. — Acomoda-te e fica quieto!

Tendo ainda nos olhos o brilho forte do Sol, avancei para a escuridão. Verguei-me quando a escotilha desceu sobre minha cabeça. Era impossível ficar de pé ali. Ao me agachar, choquei-me contra um corpo e, em seguida, contra outro. Com dificuldade, ajeitei-me entre eles.

O porão estava mergulhado em silêncio.

Aos poucos meus olhos foram se acostumando à obscuridade e eu pude ver diante de mim incontáveis corpos humanos estirados, apertados uns contra os outros, no assoalho do porão. Eu estava sentado na ponta de uma fileira de homens que tinham as costas de encontro às paredes do navio. No outro lado, repetia-se uma fileira idêntica. Entre as duas fileiras havia um tapete trançado com corpos humanos. A maioria era de rapazes e meninos.

O silêncio foi rompido por um suspiro fundo, seguido por um gemido. Alguém começou a chorar baixinho. Depois muitos se puseram a falar aos murmúrios, o que fez com que o porão parecesse uma grande colmeia.

Subitamente, eu senti calor, um calor terrível. Num segundo, meu corpo cobriu-se de suor.

Era quase impossível respirar ali, mesmo estando eu sob a escotilha gradeada.

Percebi que eu era o último em uma longa fila de homens que terminava justamente debaixo da escotilha.

Virei-me para o homem que estava ao meu lado.

— Fala português?

— Um pouco.

— Se aqui está insuportável, o que sentirá aquele que está lá ao fundo?

De cabeça baixa, sem voltar-se para mim, ele retrucou:

— A viagem até o Recife levará uns quarenta dias.

28
TREZENTOS MIL-RÉIS

OS DOIS PRIMEIROS DIAS foram terríveis.

Não ganhamos uma só migalha de pão, mas davam-nos água. Muito pouca. Duas vezes ao dia, no começo da manhã e no final da tarde, um jovem marinheiro arrastava-se com dificuldade por entre os cativos portando um balde com água e uma canequinha de estanho.

O que era pior ali? O calor, a imobilidade, o ar irrespirável, a sede ou a fome?

Quanto tempo eu suportaria aquilo sem enlouquecer?

Na tarde do segundo dia, quando o marinheiro ia deixar o porão, eu o interroguei:

— Vocês pretendem nos matar de fome?

Surpreso por ouvir um escravo falar um português tão claro, ele se voltou para mim. Era muito jovem, pouco mais do que um menino.

— De modo nenhum! Vocês valem no mínimo trezentos mil-réis cada um.
— Então por que não nos alimentam?
— Porque a preocupação maior do capitão nesses primeiros dias é escapar dos cruzadores ingleses.

Eu ouvira falar em Luanda que os ingleses — que anteriormente dominavam o tráfico — haviam mudado de posição e estavam aprisionando embarcações que conduzissem escravos para a América. Para tanto, eles mantinham navios de guerra ao longo da costa da África.

— Talvez amanhã já seja possível dar comida a vocês — acrescentou o rapazinho e deixou o porão.

29
PRECES, BLASFÊMIAS E GRITOS DE DOR

POUCO DEPOIS sentimos que o navio, subitamente, ganhava velocidade.

O *Sagrado Socorro* saltava sobre as ondas para, em seguida, cair sobre a água com estrondos formidáveis.

O medo espalhou-se pelo porão. Os gritos misturavam-se ao estrondo das correntes contra as tábuas do assoalho.

O que estaria acontecendo?

Ouvimos então a primeira explosão. Levantei o rosto e tive a impressão de ver, pelo gradeado da escotilha, lascas de madeira voando contra um retalho de céu azul.

— É uma tempestade! — exclamou alguém em quimbundo. — Xangô mandou um raio para nos libertar.

— Xangô não tem pontaria tão boa assim — retrucou um homem que se encontrava perto de mim. — Isso foi um tiro de canhão.

Escutamos uma segunda explosão. E mais outra.

No intervalo entre elas ouvimos claramente a gritaria dos marinheiros.

O rosto pálido do rapaz que distribuía a água surgiu na escotilha gradeada.

— Tem alguém ferido aí embaixo?

Antes que eu pudesse responder, escutamos um forte estrondo, e o navio foi sacudido violentamente. O rosto do marinheiro desapareceu como se alguém o tivesse puxado pelos pés.

Ninguém se movia ou falava no porão. Estávamos com os olhos fitos nos fiapos de luz que penetravam entre as grades da escotilha.

Percebemos que o navio perdia velocidade.

Do tombadilho chegava até nós um grande alarido, no qual se misturavam preces, blasfêmias e gritos de dor.

— Pobres homens! — lamentei em voz alta. — Certamente alguns deles foram feridos.

— Pobres homens? — ecoou uma voz rouca. — Os marinheiros deste navio são bandidos, merecem sofrer.

Corri os olhos em volta, mas não descobri quem falara em português. Devia ser alguém que fora escravo em Luanda.

Não retruquei. Eu estava realmente comovido com os pedidos de socorro. Paizinho Coração costumava dizer que a dor de um homem deve ser sentida por toda a humanidade, já que somos todos irmãos, filhos do mesmo Pai.

Por um bom tempo ainda escutamos fortes explosões entremeadas com disparos de mosquetões. Pisadas fortes indicavam que os marinheiros corriam de um lado a outro do convés. Por fim, ouvimos claramente o tinido de espadas que se chocavam com violência.

30
DUZENTAS ALMAS

UM ROSTO MAGRO, circundado por uma barba ruiva, surgiu no rombo acima de nossas cabeças.

— *There's someone dead here?*

Pareceu-me estar escutando a voz de Mgongo: *dead, mort, muerte,* morte.

— *No* — respondi.

— *Do you speak English?*

Speak, parler, hablar, falar.

— *Yes* — retruquei.

— *Come with me.*

A escotilha foi levantada e eu subi ao convés.

O dia estava morrendo. O céu era de um belo azul-escuro com tons avermelhados.

O marinheiro da barba ruiva libertou-me das algemas e dos grilhões.

O que primeiro me chamou a atenção no convés foi um grupo de homens brancos amarrados uns aos outros pelas mãos e pelos pés. Um deles era o rapaz que nos servia água. Concluí que eram os marujos e os oficiais do *Sagrado Socorro*. Em volta deles havia alguns marinheiros uniformizados empunhando espadas.

Um homem de espessa barba grisalha chamou-me com um gesto de mão.

— *Come here!*

Aproximei-me dele. Seus olhos arregalados eram cinzentos.

— *What is your name?*

Name, nom, nombre, nome.

— Kandimba.

— *I'm* Edward Twelvetrees.

Logo em seguida, ao constatar que o meu conhecimento da sua língua se resumia a umas poucas palavras soltas, o inglês se irritou. Temendo ser enviado de volta ao porão, eu disse:

— Sei falar português e as línguas de Angola.

— Então falaremos em português. Morei em Lisboa quando menino — apontou para o navio que vogava próximo de nós e acrescentou: — Sou o imediato daquele cruzador, o *Water Whitch*.

Quando Twelvetrees ordenou que os marinheiros portugueses fossem transferidos para o navio inglês, eu não resisti à curiosidade e perguntei:

— O que vocês farão com eles?

O inglês levou a mão espalmada ao pescoço.

— Se a decisão fosse minha, eu enforcaria esses sujeitos. Mas, pela lei inglesa, sou obrigado a desembarcá-los no porto africano mais próximo.

Depois, fez um sinal para que eu o seguisse.

Acompanhados de três marinheiros, descemos ao porão principal para realizar a tarefa que Twelvetrees considerava a mais importante: registrar e avaliar a carga.

Foram encontrados mil sacos de dez quilos de feijão, quinhentos de arroz e quinhentos de farinha de mandioca. Havia dezenas de grandes tonéis com água potável. As pipas para transporte de aguardente, vazias, eram mais de cem. Num grande armário foram encontradas sessenta garrafas de vinho, trinta caixas de charutos e cinquenta de doce de goiaba, bem como vidros com amêndoas e tâmaras. Em um armário menor havia todo tipo de medicamento.

Diante daquele estoque de alimentos e bebidas, a sensação de fome que me torturava tornou-se ainda mais intensa. Senti uma leve tontura, mas consegui reequilibrar-me.

De volta ao tombadilho, acompanhei Twelvetrees até uma escotilha também gradeada que eu ainda não vira. Depois que ela foi erguida, descemos a um porão.

Fiquei surpreso ao ver ali mulheres e meninas. Até aquele momento eu julgava que só havia homens a bordo.

Aquele alojamento deu-me a impressão de ser bem menor do que o dos homens. Também ali todos os corpos estavam amontoados.

Compreendi então que os porões de escravos eram dois, improvisados por cima do porão de carga, e separados por uma parede de madeira.

A contagem foi feita pelo marujo ruivo.

— *Two hundred souls* — anunciou ele.

31
DIAMANTES NEGROS

O NOVO COMANDANTE ordenou que as mulheres e as meninas fossem imediatamente levadas para o convés.

O que mais me impressionou foi a lentidão com que elas se movimentavam. Demoravam a reencontrar o equilíbrio após permanecer imóveis por tanto tempo. Era como se estivessem reaprendendo a caminhar. Algumas carregavam filhos de colo.

Pouco depois, os homens e os rapazes também foram retirados do porão. Eram mais de trezentos.

Logo o convés foi tomado por cinco centenas de seres muito magros, esgotados fisicamente, que quase não se mantinham em pé. Uns se agarravam à amurada, mas logo se deixavam cair sentados com o queixo apoiado nos joelhos ossudos.

Um marinheiro se aproximou de Twelvetrees e, pelos seus gestos, compreendi que perguntava se poderia livrar os homens das algemas e grilhões.

O comandante respondeu que retirassem só os grilhões.

Num movimento irrefletido, eu me voltei para ele.

— Por que o senhor não os liberta das algemas também?

Mais contrariado do que surpreso com a minha pergunta, o inglês me encarou com olhos que faiscavam, mas eu resisti ao olhar dele.

— Porque temo um motim — respondeu.

— Nós, africanos, nunca nos rebelaremos contra vocês! — retruquei, enfático. — Vocês nos libertaram.
— Vocês deixaram o porão, mas a vida de vocês não vai melhorar. Receberão comida, mas ela não encherá a barriga de vocês. Beberão água, mas continuarão com sede. Logo vocês estarão nos odiando como odiavam os portugueses.
— Não, senhor! Eu não acredito nisso.
— Preste atenção no que vou dizer, Kandimba. Vocês estariam mais seguros se este continuasse a ser um navio negreiro. Marinheiros brasileiros e portugueses estão acostumados a fazer a travessia da África à América e sabem como cuidar dos escravos. Vocês são uma mercadoria valiosa. Vocês são verdadeiros diamantes negros. No Brasil, um homem vale vinte vezes o que vale na África.

32
PESSOAS ENLOUQUECIDAS PELO DESESPERO

O QUE O TWELVETREES DISSE sobre a maior competência dos marinheiros do tráfico negreiro confirmou-se imediatamente, e da maneira mais trágica possível.

Como a noite estava muito quente, o comandante decidiu que os escravos dormiriam no convés.

Quando a primeira estrela brilhou no céu, a coberta do navio já havia se transformado em uma imensa esteira, totalmente ocupada por corpos adormecidos.

A tempestade chegou perto da meia-noite.

Eu estava acordado, insone, pensativo, quando explodiu o primeiro trovão. Algumas pessoas, sobressaltadas, sentaram-se, mas a maioria apenas virou de lado e continuou a dormir.

Outros trovões vieram a seguir em rápida sucessão. Raios vivíssimos iluminavam o mar revolto. A temperatura caiu bruscamente. Ventos furiosos vindos de todos os quadrantes pareciam ter marcado um encontro justamente onde se encontrava o nosso barco.

Um grito agudo de Twelvetrees intrometeu-se no rugido da tempestade. Voltei-me para ele e compreendi, pela sua gesticulação, que ordenava aos marinheiros que recolhessem as velas.

Os marujos que estavam de vigia tentaram correr em direção aos mastros, mas foram impedidos de avançar pelo intrincado labirinto de corpos trêmulos e assustados. Muitos cativos já se encontravam de pé e era impossível caminhar pelo convés.

Sempre gritando e movimentando os braços, o inglês ordenou que os escravos fossem tocados para o porão.

Fustigados pelos marinheiros que brandiam chicotes, os cativos se movimentaram em direção às escotilhas, mas também eles mal conseguiam andar.

Os que se encontravam mais próximos das escotilhas levantadas, especialmente as mulheres e as crianças, foram jogados no porão. A seguir, muitos outros, também empurrados, caíram por cima deles. Amontoados, pisoteando-se uns aos outros, eles tentavam voltar ao convés.

Começou então uma terrível batalha entre pessoas enlouquecidas pelo desespero. De um lado, os que queriam fugir da tormenta se protegendo nos porões; do outro, os que desejavam retornar ao convés.

O mais impressionante era o clamor surdo, horripilante, que subia dos porões.

Em meio ao tumulto, abriram-se uns espaços pelos quais os marinheiros lograram chegar aos mastros e lá, com grande esforço, baixar as velas.

Aquela luta espantosa não durou muito, porém fez um grande número de vítimas.

Na manhã seguinte, os marinheiros encontraram 48 corpos sem vida no porão. No convés foram achados outros sete. Desse total, apenas nove eram adultos, dois homens e sete mulheres. Os demais eram crianças.

Foi então que eu descobri por que os barcos do tráfico de escravos eram chamados de tumbeiros. Porque eram produtores de muitos mortos, mortos que não teriam uma sepultura na terra perfumada, mortos cuja tumba seria o mar.

33
O MOMENTO MAIS TRISTE ERA O DESPERTAR

IMPRESSIONADO PELA MORTE DE TANTA GENTE, Twelvetrees ordenou a montagem no convés de quatro grandes tendas com as velas de reserva. Duas delas foram ocupadas por mulheres e meninas; as outras, por homens mais velhos e por meninos.

Assim, praticamente a metade dos cativos passou a dormir ao ar livre enquanto os demais ficavam no porão. Desse modo, o convés permanecia desimpedido para uma eventual movimentação dos marujos.

Fiquei alojado na barraca mais próxima da cabine de Twelvetrees, de modo a estar sempre à disposição dele.

Como o trabalho de tradução me tomava muito pouco tempo, o inglês resolveu me designar também auxiliar do cozinheiro de bordo.

Simpatizei imediatamente com Joe Coffin. Alto e gordo, sorridente e falastrão, ele atravessava os dias cozinhando com prazer. De cada porção que ficava pronta, ele enchia um prato para si e fazia sempre o mesmo comentário.

— Vamos ver se a comida está à altura do paladar dos nossos hóspedes.

Mais do que comer, Joe Coffin gostava de falar. Discorria sobre todo e qualquer assunto o tempo inteiro. Como ele entendia um pouco de português, porque trabalhara antes em navios negreiros, eu lhe fazia perguntas sobre os mais variados assuntos. Já que Coffin me respondia sempre em inglês e do modo mais prolixo possível, o meu avanço no conhecimento daquela língua foi muito rápido.

— Para onde estamos indo, Joe? — indaguei certo dia. — Estamos voltando para Angola?

— Angola? Não! Foi lá que escravizaram vocês, não foi? Se os largássemos por lá, vocês certamente seriam escravizados de novo.

— Estamos indo para o Brasil?

— Claro que não! Vamos para Serra Leoa.

— Serra Leoa? Nunca ouvi falar desse lugar.

— É uma nova nação. Foi criada pela Inglaterra para receber ex-
-escravos que estão voltando da América para a África. Os primeiros a chegar foram os africanos que lutaram ao lado dos ingleses na Guerra de Independência dos Estados Unidos.

Coffin e eu trabalhávamos sem parar. Não havia um só instante em que não tivéssemos no mínimo uma enorme panela no fogo.

— Kandimba, já percebeste que és o único africano que sorri neste navio?

— Claro que não, Joe! — respondi, espantado. — Isso nunca me passou pela cabeça.

— Pois é o que acontece. Tu vives a exibir as gengivas porque és um privilegiado. Tens um trabalho interessante, podes comer quanto quiseres e nunca padeces com a sede.

Depois daquele comentário, passei a observar com mais atenção os cativos. Percebi que, realmente, todos se mantinham melancólicos o tempo inteiro.

Banzo era a palavra que usávamos na nossa aldeia para definir a tristeza que às vezes, sem motivo aparente, tomava conta de uma pessoa.
Todos os transportados pelo *Sagrado Socorro* sofriam de banzo.
Aos poucos fui sendo contagiado pela melancolia dos meus companheiros de viagem.
O momento mais triste do dia era o despertar.
Mal o sol nascia, marinheiros desciam aos porões. Sempre voltavam de lá carregando corpos sem vida. Nas barracas do convés, às vezes, também eram achados cadáveres.
Os mortos eram jogados ao mar.
Certa noite eu tive um sonho com Mgongo, um sonho breve, mas que me impressionou fortemente. Caminhávamos lado a lado por uma estradinha que margeava um rio. Bem mais velho e encurvado, ele se deteve de repente e me segurou pelo braço:
— Tu és agora um homem grande e forte, Kandimba. Está próximo o dia em que serás testado. Prepara-te para ajudar teus irmãos.

34
AJUDA DIVINA

CHEGAMOS A FREETOWN, capital de Serra Leoa, após três semanas de navegação.
Assim que o navio atracou, Twelvetrees me chamou. Queria que eu traduzisse para as línguas africanas o que ele ia dizer.
Enquanto os marinheiros organizavam os passageiros no convés, eu me dirigi ao comandante do *Sagrado Socorro* em inglês:
— Capitão, estou muito orgulhoso por ter aprendido com Joe Coffin a falar a língua de William Shakespeare.
— Não te empolgues muito — retrucou ele, irônico. — Antes de ti, Coffin ensinou inglês a dois papagaios. E o sotaque deles era melhor que o teu.
E a seguir, em voz alta, discursou entusiasmado:
— Graças à Inglaterra, vocês agora são pessoas livres. Poderão ir para onde quiserem. Terão liberdade para escolher uma profissão.
O capitão falava devagar a fim de que eu pudesse verter as frases dele para umbundo, quimbundo e quicongo, as línguas angolanas que eu dominava.

— Este país foi fundado para acolher pessoas libertadas da escravidão. Para cá trouxemos os africanos dos Estados Unidos da América que desejavam voltar ao seu continente de origem. Para cá trazemos muitos dos que resgatamos dos navios negreiros. Sejam, pois, bem-vindos a Serra Leoa!

Mais assustadas que felizes, as pessoas começaram a desembarcar.

Voltando-se para mim, que permanecia parado ao seu lado, Twelvetrees me interrogou:

— E tu, Kandimba, que pensas fazer?
— Eu gostaria de viajar para o Brasil, senhor.
— Para quê? Para que te escravizem por lá?
— Não! Preciso encontrar minha mãe e meu irmão.
— O Brasil não é um bom país para africanos, meu rapaz. Eu lá estive várias vezes. Pensando bem, nem a África é hoje um lugar seguro para alguém como tu. Lá ou cá, sempre haverá alguém querendo escravizar um rapagão vigoroso.

Sem retrucar, dei as costas para ele e comecei a me afastar, desanimado.

— Ei, Kandimba, volta aqui! — gritou ele. — Vou arranjar-te um posto de auxiliar de cozinheiro aqui no porto. Assim poderás te sustentar até que surja uma oportunidade para viajares ao Brasil.

— Será que vai demorar? — perguntei.
— Creio que não. Os navios negreiros que capturamos são vendidos aqui em Serra Leoa e a maioria deles é comprada por armadores brasileiros.

Fomos então ao porto, onde Twelvetrees conseguiu que me empregassem.

Na despedida, estendeu a mão para mim:

— Que Deus te proteja, Kandimba! Precisarás mesmo de ajuda divina se decidires ir ao Brasil.

35
A BABEL DA ÁFRICA

GOSTEI DE FREETOWN. Era uma cidade pequena e pobre quando comparada a Luanda, mas era muito movimentada.

Eu trabalhava do nascer do sol ao meio da tarde preparando refeições para os trabalhadores do porto. E, embora cansado após uma longa jornada de trabalho, costumava passear à tardinha pela cidade.

Como os ingleses depositavam ali os que resgatavam de navios negreiros, havia em Freetown gente de todos os cantos da África.

Nos passeios, eu me embasbacava com as diferentes vestimentas, turbantes e chapéus, brincos e colares, botas e sandálias, mas o que mais me seduzia era escutar o som de tantas línguas diversas.

Havia poucos brancos e eles todos moravam em um quarteirão exclusivo. Já os africanos ricos, donos de lojas de comércio, possuíam casas boas em outro quarteirão. Ouvi falar que os negros mais endinheirados eram os sacerdotes muçulmanos que falavam árabe e usavam vestes imaculadas de linho. Eles ganhavam muito dinheiro predizendo o futuro.

— Temos aqui pessoas de mais de 200 tribos africanas — escutei certa vez dizer o administrador do porto. — E essa gente fala mais de 40 línguas. Serra Leoa é a Babel da África.

36
UM BOM SERVIÇO AOS IRMÃOS AFRICANOS

CERTO DIA, ao cair da noite, quando voltava para o meu alojamento no porto, um homem branco parou diante de mim em uma rua estreita.

— Kandimba, ouvi falar que desejas viajar ao Brasil — disse ele em inglês. — É verdade que tua mãe foi levada para lá?

Tentei ver os olhos dele, mas vislumbrei apenas um nariz curvo e um largo queixo proeminente. O rosto do homem estava escondido pelas abas caídas de um chapelão.

— Sim — respondi, cauteloso.

— O meu nome é Peter Watson, sou inglês e posso te ajudar. Viste o navio brasileiro que foi trazido ontem, o *Santa Piedade*?

— Sim.

— Amanhã os inspetores vão examiná-lo. Ele foi apresado sem escravos a bordo, mas, se ficar provado que se trata mesmo de navio negreiro, será leiloado imediatamente.

— Sei disso — retruquei, ansioso para ver aonde ele queria chegar.

— Represento um grupo de comerciantes que querem comprar o *Santa Piedade*, que é um bom navio, muito veloz.

— Até aqui estou entendendo...

— Se, por exemplo, alguns pares de algemas forem achados no convés do *Santa Piedade*, ele será considerado navio negreiro e leiloado a seguir. Os meus amigos o comprarão e o enviarão ao Brasil. Tu viajarás nele contratado como cozinheiro.

O que ele dizia era bom demais para que eu acreditasse nas suas palavras.

— Onde eu entro nessa história? — perguntei, desconfiado.

— Tenho uma canoa perto daqui. Quero que tu vás nela até o depósito do porto, onde pegarás uns cinquenta pares de algemas. Depois, irás até o *Santa Piedade*. O homem que está de vigia a bordo recebeu dinheiro para deixar uma escada de corda pendurada no costado. Subirás por ela e colocarás as algemas debaixo do monte de lenha que está ao lado da porta da cozinha. Amanhã, o *Santa Piedade* será considerado um navio negreiro e meus amigos o comprarão no leilão. E tu serás contratado para a primeira viagem.

Era uma proposta muito arriscada. Eu sabia que seria enforcado se fosse pego. Mas, por outro lado, se cumprisse bem aquela tarefa, poderia viajar logo para o Brasil.

— Eu aceito. Onde está a canoa?

— Parabéns, Kandimba. Vais prestar um bom serviço aos teus irmãos africanos. O *Santa Piedade* nunca mais será usado para transportar escravos.

Acompanhei-o até onde estava amarrada a canoa.

Peter Watson permaneceu invisível sob a sombra de uma árvore enquanto eu empurrava a canoa para a água.

Comecei a remar. Havia muitas nuvens escuras no céu e elas foram minhas cúmplices naquela aventura.

No depósito do porto, não demorei a localizar o brilho do monte de algemas e grilhões retirados de tumbeiros. Contei cinquenta pares de algemas e os coloquei dentro da canoa.

Enfiando o remo delicadamente na água para não fazer barulho, remei na direção do *Santa Piedade*. Agarrei-me à escadinha deixada ali de propósito pelo cúmplice de Peter Watson e subi levando alguns pares de algemas, que coloquei sob o monte de lenha. Fiz ainda mais duas descidas até o bote para apanhar todas as algemas.

Voltei para a margem e deixei a canoa no lugar onde a havia encontrado. Não vi nem sinal de Peter Watson. Cauteloso, caminhando depressa, eu me dirigi ao alojamento. Deitei na minha esteira, mas não consegui dormir. A tensão, que eu mantivera represada enquanto transportava as algemas, explodiu. Eu tremia convulsivamente e batia os dentes, como alguém acometido por uma febre muito alta.

37
NÃO VIM PARA SALVAR NINGUÉM

NÃO FAZIA NEM DEZ MINUTOS que eu estava deitado, quando a porta do meu alojamento foi arrombada por um pontapé.

— Vem, rapaz! — disse alguém em inglês. — A forca está te esperando.

Com surpresa, reconheci a voz de Peter Watson. Ele estava acompanhado por dois homens negros que empunhavam porretes.

— Levanta!

Quando me pus de pé, ele ordenou aos seus capangas que me amarrassem as mãos.

Vencendo o espanto que me travava a garganta, perguntei:

— O senhor poderia me explicar o que está acontecendo?

— Se falares de novo, um desses rapazes arrebentará tua cabeça. — Foi a resposta que ele me deu.

Saímos. A noite estava bem mais clara do que durante minha ida até o *Santa Piedade*. Caminhamos até um mato de árvores altas. Depois de avançarmos uns poucos metros por uma trilha sinuosa, paramos em uma clareira ao lado de uma árvore de tronco muito largo. A luz do luar me permitiu ver que de um galho pendia uma corda com um laço na ponta. Era uma forca. Compreendi então que, assassinando-me, o inglês eliminava a única testemunha que poderia incriminá-lo depois.

— A justiça inglesa funciona — disse Watson. — Pune rápida e rigorosamente todos os que cometem crimes graves.

Com gestos bruscos, ele passou o laço em torno do meu pescoço.

— Reza, Kandimba. Mas reza rápido porque terás tempo para apenas uma oração.

Comecei a rezar em voz alta o pai-nosso, pronunciando o mais lentamente possível cada palavra.

Quando cheguei ao "livrai-nos do mal", escutei o rumor de passos pesados que se aproximavam rapidamente de nós.

Logo nos vimos cercados por cinco homens, quatro deles armados de mosquetes.

— Por que vais enforcar este rapaz, Watson? — perguntou uma voz zombeteira num inglês estropiado. — Que crime ele cometeu?

— Ele foi de canoa até o *Santa Piedade* e roubou de lá uma barrica de cachaça.

O recém-chegado era baixo, mas de ombros largos.
— Onde ele colocou a barrica que roubou, Watson?
— Bem...
— Será que ele já a bebeu toda?
— Eu não saberia dizer.
— Por falar em cachaça, Watson, temos aqui umas garrafas. Eu gostaria que vocês três as bebessem. É produto de qualidade.

Um dos homens armados abriu um embornal e dele retirou três garrafas.
— Bebam! – ordenou o chefe dos desconhecidos, e entregou uma garrafa a Watson e uma a cada um dos asseclas dele. — Bebam de um só gole e não deixem uma só gota, se não...

Rapidamente, as garrafas foram esvaziadas.
O desconhecido voltou-se para mim.
— Vai embora — disse, em português, enquanto cortava as cordas que me prendiam as mãos. — As algemas já foram retiradas do *Santa Piedade* e devolvidas ao depósito.

Atônito com o que acontecera naquela noite, eu me perguntava se não estaria vivendo um pesadelo. Meu desejo era sair dali correndo, mas controlei o impulso e me dirigi ao estranho:
— Senhor, eu lhe agradeço muito por ter me salvado a vida.
— Não posso aceitar teu agradecimento. — A voz dele tinha uma entonação brincalhona. — Não vim até aqui para salvar ninguém. Vim apenas para pegar o Watson. Eu sou o capitão do *Santa Piedade* e não poderia permitir que esse tratante forjasse provas para condenar o meu navio.

38
DO HOSPITAL PARA A CADEIA

A OPORTUNIDADE PARA VIAJAR AO BRASIL surgiu antes do que eu poderia imaginar.

Quinze dias depois de sua chegada a Freetown, já inocentado da acusação de ser um barco negreiro, o *Santa Piedade* foi devolvido ao seu capitão, um português de nome Joaquim António Salgado Boa Morte, mais conhecido como Mortezinha, justamente o homem que me salvara da forca.

Certa noite, quando caminhava pelo centro de Freetown, fui abordado por um marinheiro mestiço, que falava com sotaque brasileiro.

— Pega tuas coisas que vais embarcar ainda hoje.
— Embarcar? — perguntei, aturdido. — Para onde?
— Brasil.
— Quem és tu?
— José, marinheiro do *Santa Piedade*. O capitão Mortezinha te quer a bordo.

A notícia era tão boa que nem cheguei a refletir sobre ela. Simplesmente corri ao alojamento, peguei meus poucos trastes e uma hora depois escalei a escada de corda do navio que visitara clandestinamente em uma noite escura.

Na manhã do dia seguinte, já em pleno mar, José me informou que eu seria o cozinheiro de bordo e me apresentou aos demais tripulantes: oito portugueses, quatro espanhóis, um italiano e dois brasileiros: um negro e um mestiço.

José levou-me depois até o imediato, o segundo homem na hierarquia de bordo, um português chamado Vasco Cinfães, dono de uma vastíssima barriga e de uma cabeçorra que parecia nascer-lhe diretamente do tronco.

— Ouvi falar que és um bom cozinheiro, Kandimba.
— Eu me esforço para ser, senhor — respondi.
— Preciso te informar que adoro comida? — indagou Vasco Cinfães, lançando um olhar ao próprio ventre dilatado. — Fica já sabendo que gosto não só de comer comida boa. Gosto de comer comida boa em grandes quantidades. Por isso, para mim, tu serás o gajo mais importante deste navio.

A seguir, José me apresentou ao escrivão, o encarregado de cuidar da carga do navio. O Velho Pedro, magro e irritadiço, tinha uma voz esganiçada semelhante à de um menino que está se tornando rapaz.

— Se te pego roubando comida, corto-te um dedo — advertiu-me ele, asperamente. — Para cada roubo, perderás um dedo. Começarei pelo dedo mínimo do pé esquerdo. Em geral, não chego ao pé direito. Comigo, os cozinheiros aprendem rapidamente que é menos doloroso ser honesto.

Por fim, José me conduziu ao camarote do capitão.

Quando Mortezinha se levantou da cadeira eu notei que ele era ainda mais baixo do que me lembrava. Porém era fortíssimo. Seus braços curtos eram possantes e seus ombros, sólidos.

— Kandimba, tu és muito sortudo — disse-me ele. — Se naquela noite eu tivesse chegado cinco minutos depois, teria te encontrado balançando na ponta de uma corda.

Seu rosto graúdo, barbado, era adornado por grandes orelhas de abano e havia permanentemente uma sombra de riso nos seus olhinhos achinesados.

— Que fim levou o senhor Watson? — indaguei.
— No momento, ele está passando uma temporada na cadeia de Freetown. Antes, porém, esteve internado no hospital. Parece que ele, que era abstêmio, certa madrugada ingeriu grande quantidade de aguardente. Passou muito mal e foi levado ao hospital por dois africanos também embriagados. A polícia prendeu os africanos quando eles acusaram Watson de forjar provas contra o *Santa Piedade*... Mais alguma pergunta?
— Em quantos dias chegaremos ao Brasil?
O capitão Mortezinha levantou o rosto como para ler uma data escrita no teto do camarote.
— Com vento bom, em vinte, vinte e poucos dias chegaremos... ao nosso destino.

39
UM SÚBITO ACESSO DE TOSSE

DEIXAMOS FREETOWN EM UMA MANHÃ CHUVOSA, mas já no dia seguinte o tempo melhorou.

Logo me tornei próximo de José. Ele seguidamente passava pela cozinha e me perguntava sobre o que eu estava preparando. Num primeiro momento achei que fosse um glutão, mas ele comia muito pouco. Concluí que era apenas um solitário que não se dava bem com os demais marujos e que me procurava para trocar umas palavras.

José era estranho. Eu tinha dificuldade para compreender o que me dizia, pois falava rápido e em voz muito baixa. E, ao falar, mantinha os olhos no chão. Parecia estar sempre sorrindo, mas seu riso era forçado. Apesar disso, eu simpatizava com ele.

Durante três semanas viajamos empurrados por bons ventos. Não enfrentamos nenhuma tormenta nem calmaria.

— José, acho que estamos bem perto da costa — comentei certo dia.
— Desde ontem vários pássaros têm pousado nos mastros. Logo veremos as terras do Brasil.
— Brasil?
— Sim. Quando deixamos Serra Leoa, o capitão Mortezinha disse que, com tempo bom, nossa viagem poderia ser de vinte dias.

Acometido por um súbito acesso de tosse, José levou a mão ao rosto e deixou a cozinha.

Avistamos terra no dia seguinte.

Ao nos aproximamos da costa, o *Santa Piedade* passou a navegar no rumo sul.

Por volta do meio-dia, Mortezinha foi à cozinha.

— Kandimba, trata de limpar bem esses teus panelões imundos.

— Mas, capitão, minhas panelas estão sempre brilhando!

— Faz com que brilhem ainda mais.

Estranhei aquilo. O capitão nunca passara pela cozinha.

Atingido no meu orgulho profissional, dediquei toda a tarde a lavar furiosamente meus utensílios.

Ao chegar à embocadura de um rio largo, o *Santa Piedade* entrou por ele. Avançamos durante algumas horas até que fundeamos.

Ao cair da noite, embalado pela estridente balbúrdia dos animais da floresta próxima, mergulhei num sono pesado.

40
BOA IMPRESSÃO NO PRIMEIRO DIA

NO DIA SEGUINTE, cedo, Mortezinha me chamou ao seu camarote.

— Para o almoço eu quero que prepares um cozido com quatro sacos de feijão e quatro de arroz…

— Minhas panelas são pequenas para tanta comida!

— Já mandei subir do porão dois grandes caldeirões.

— Caldeirões? Não será um exagero, capitão? Não somos nem vinte homens a bordo.

— Éramos. Temos agora convidados.

— Convidados?

— Sim. Chegaram de madrugada. Nós já os acomodamos no porão. São mais de quatrocentos.

Sentindo que ia desmaiar, eu me agarrei à mesa.

— Por acaso, o senhor está se referindo a escravos? — indaguei com um sopro de voz.

Mortezinha colocou a mão no meu ombro.

— Exato. Tu és um bom rapaz, Kandimba, trabalhador e simpático, mas de vez em quando te mostras um pouco atoleimado. Quando te respondi sobre a duração da nossa viagem, eu não usei a palavra Brasil... Aliás, ontem, o pobre José quase morreu de rir quando disseste a ele que estávamos chegando ao Brasil. Por isso, decidi que não participarias do embarque da mercadoria.

O capitão apontou na direção da cozinha.

— Ao trabalho! Temos que nos afastar logo da costa da África.

Não me movi. Eu simplesmente não podia acreditar no que ouvira. Pela segunda vez em minha vida eu me encontrava a bordo de um navio negreiro.

— Coloca um pouco de carne-seca na comida — Mortezinha deu-me um leve tapa nas costas. — Quero que os passageiros tenham uma boa impressão do nosso navio. Pelo menos no primeiro dia.

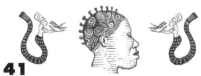

41
NA TUA ALDEIA NÃO ERA ASSIM?

MERGULHEI MAIS UMA VEZ na dura rotina que enfrentara ao lado de Joe Coffin.

Assoberbado de trabalho, confinado na pequena cozinha, solicitei ao capitão Mortezinha que me arranjasse um ajudante. Ele me cedeu José, mas, como o brasileiro manteve a maior parte das funções que exercia a bordo, seu auxílio me era de pouca valia. José só aparecia na cozinha de vez em quando, quando lhe apetecia.

Eu trabalhava de manhã à noite. Quando não estava cozinhando, lavava caldeirões e gamelas.

O Velho Pedro, que fiscalizava rigorosamente os marinheiros que desciam ao porão para buscar os alimentos, reclamava o tempo todo.

— Kandimba, tu és um perdulário! Vives a fazer comida em excesso.

Competente comandante de navio negreiro, Mortezinha implantou já no primeiro dia um eficiente sistema de rodízio dos escravos. Como sempre havia um grupo no convés, distribuído de modo a não atrapalhar a circulação dos marinheiros, os porões nunca ficavam apinhados.

Três dias depois de termos deixado a costa africana, o capitão foi à cozinha.

— Como não corremos mais o risco de sermos apresados pelos ingleses, a partir de hoje tu cozinharás ao ar livre.

— Como assim, senhor?

— Improvisa uma barraca no convés porque, além de cozinhar, vais supervisionar a distribuição de comida.

— Eu, como?

— Escolherás cinco africanos para serem teus ajudantes. Eles servirão a comida e manterão a ordem durante as refeições.

Com uma vela avariada, armei no convés uma cobertura, sob a qual passei a trabalhar. Pude então observar melhor os escravos. Curiosos e intrigados, também eles me examinavam com atenção. Certamente se perguntavam por que eu, africano como eles, andava bem-vestido, vivia sem algemas e cuidava da cozinha.

Os homens e os rapazes pareciam mergulhados em uma tristeza profunda. Acorrentados, movimentavam-se com passos lentos e pesados. Alguns se mantinham de pé, agarrados à amurada, observando melancolicamente a lâmina de água que se perdia no horizonte.

Escolhi para meus ajudantes aqueles que me pareceram os mais fortes, embora todos fossem muito magros. Cada um recebeu um casaco velho para se diferenciar dos demais escravos.

A invariável mistura de arroz e feijão era servida em grandes gamelas de madeira, que eram levadas pelos meus ajudantes a diferentes pontos do convés. Duas vezes por semana eu acrescentava um pouco de carne-seca às refeições.

Cerca de vinte pessoas reuniam-se em torno de cada uma dessas gamelas. Comiam com as mãos, mastigando devagar. Mesmo estando sempre famintos, nenhum deles parecia inclinado a comer mais do que os outros. Eu tinha a impressão de que cada um calculava mentalmente a parte que lhe cabia e se limitava a ela. Comiam em silêncio e de cabeça baixa. Não encaravam os marinheiros que passeavam entre eles de chicote em punho, prontos para suprimir qualquer sinal de revolta.

Lembro que, certa vez, impressionado com o que via, interroguei o brasileiro:

— José, por que eles não avançam sobre a comida, se estão famintos?
— Porque na terra deles comiam desse jeito. Na tua aldeia não era assim?

Envergonhado, não respondi. Eu havia me esquecido das tranquilas refeições coletivas em nossa aldeia.

Depois de se alimentarem, os cativos permaneciam em volta das gamelas vazias. Só se moviam quando os marujos ordenavam que descessem ao porão a fim de aliviar o convés. Eu estranhava não ouvir um só lamento, não ver um só gesto de rebeldia.

Enquanto homens e rapazes permaneciam imóveis, sentados ou agarrados à amurada, os meninos corriam de um lado a outro. Mas sentavam-se assim que um marinheiro gritava com eles. Por um tempo ficavam parados, examinando com olhos arregalados tudo o que viam ao redor, mas quando o marujo que ralhara com eles se afastava recomeçavam a correr e a saltitar. Alguns daqueles meninos tinham a mesma idade que eu tinha ao ser aprisionado pelos nzingas.

As mulheres movimentavam-se mais que os homens e me pareciam menos tristonhas. Conversavam o tempo todo e cantavam frequentemente. Muitas caminhavam pelo convés, mas nunca vi uma delas olhando por cima da amurada. Algumas carregavam bebês junto ao peito. As meninas maiores ficavam em volta dessas mulheres insistindo em ajudá-las a cuidar dos pequeninos.

42
A MÚSICA AFRICANA ABAFOU O SOM DO VIOLINO

CERTO DIA, justo quando um grupo de homens e meninos acabara de comer, o marujo italiano surgiu no convés empunhando um violino. Encostou-se ao mastro principal e começou a tocar uma melodia alegre.

Sacudindo ameaçadoramente seus chicotes, quatro marinheiros portugueses se colocaram em pontos distintos do convés.

Mortezinha parou junto de mim.

— Kandimba, diga aos seus amigos que eu quero que eles dancem. Quem não dançar por livre e espontânea vontade, dançará ao embalo do açoite.

Em umbundo, quimbundo e quicongo, gritei aos escravos que dançassem, mas não mencionei a ameaça de espancamento. Nem foi preciso porque os marinheiros começaram a vibrar os chicotes.

Mesmo sob o peso das algemas e das correntes, os homens ensaiaram uns tímidos passos de dança ao som do violino. Transcorridos poucos minutos, todos eles começaram a entoar uma canção. Apenas murmurada de início, a música africana foi crescendo aos poucos até abafar o som do violino.

A dança assumiu então outro ritmo, mais rápido, mas também mais pesado e intenso. De olhos fechados, os cativos batiam os pés com força na madeira do tombadilho.

Os marujos interrompiam suas tarefas para observar a cena.

Depois que Mortezinha se retirou para seu camarote, comentei aquele fato com José:

— Nunca imaginei que um capitão de tumbeiro pudesse proporcionar diversão aos escravos.

José me mirou com aqueles olhos castanho-claros nos quais sempre cintilavam desconfiança e zombaria.

— Diversão?

— Sim, diversão. E arte também! A dança e o canto fazem parte das belas artes, José.

— Mortezinha só está preocupado com a saúde dos escravos, Kandimba. Quando dançam, o sangue deles circula e os músculos se exercitam. Mortezinha quer apenas manter sua mercadoria em bom estado.

43
O CAPITÃO TEM MEDO DAS CALMARIAS

OS CATIVOS BEBIAM ÁGUA duas vezes ao dia, no começo da manhã e no final da tarde. Cada um tinha direito a um quarto de litro por vez.

A água era servida por marinheiros portugueses que gozavam da total confiança do Velho Pedro.

Aquela tarefa não podia ser repassada aos escravos porque eles certamente cederiam aos apelos dos seus companheiros, que viviam desesperados de sede.

A distribuição de água era sempre um momento de tensão, uma tensão que crescia com o passar dos dias.

Ainda sedentos, mesmo depois de terem bebido sua porção, muitos erguiam a voz para protestar. Os mais exaltados xingavam os marinheiros, embora correndo o risco de serem açoitados.

— Por que o capitão dá tão pouca água aos escravos, José? Ouvi falar que temos vinte mil litros de água nos tonéis do porão.

— O Mortezinha tem medo das calmarias. Se o navio cai em uma delas, e ficamos parados por uma semana, nossa água pode acabar. Só beberemos à vontade quando chegarmos ao Brasil.

44
OS DESGRAÇADOS SÃO TEUS IRMÃOS

AO FINAL DE UMA TARDE em que caía uma chuvinha miúda, enquanto lavávamos gamelas, José colocou-se bem próximo de mim.

— Não achas, Kandimba, que o tratamento dado aos escravos neste navio é desumano?

Surpreso, eu me voltei para ele. Nunca imaginara ouvir da boca de José uma frase como aquela.

— Sim — concordei, depois de refletir por um momento. — Mas, pelo que sei, em outros navios negreiros o tratamento é ainda pior. Aqui temos refeições ao ar livre, música...

— Nunca sentiste indignação a ponto de desejar uma rebelião dos escravos?

— Não! Sou bem tratado...

— Não sentes ódio do Mortezinha?

— Ódio? Não consigo odiar ninguém. Paizinho Coração costumava dizer que eu era o único ser humano que ele conhecia capaz de oferecer a outra face para receber mais uma bofetada.

Quando voltou a falar, José o fez num tom ainda mais baixo.

— Nunca passou pela tua cabeça que nós dois poderíamos organizar um motim?

Olhei ao redor. Não havia um só marujo por perto.

— Nem me fale nisso, José! — sussurrei. — Se o Mortezinha sonha que estamos pensando em revolta, ele nos joga aos tubarões.

— Pois começa a pensar no que eu te propus! Lembra que és um africano e que os desgraçados do porão são teus irmãos.

Naquele dia, antes de deitar, eu me encaminhei à amurada. Observando a dança das ondas iluminadas pelo luar, fui invadido por indagações.

Teria eu coragem de trair Mortezinha, o homem que me salvara da morte em Serra Leoa? Seria eu capaz de participar de uma rebelião? E se o motim fosse bem-sucedido, o que faríamos com os marinheiros? Teríamos de matá-los?

Não! Minha resposta para essas perguntas era um sonoro *não*!

45
A MAIS BELA DE TODAS

O CÉU VERMELHO parecia estar pegando fogo.

Os marinheiros que distribuíam a água preparavam-se para atender às mulheres e às meninas que ainda dançavam no convés.

De repente, senti um calor excessivo, embora naquele momento soprasse uma brisa fresca. Comecei a ofegar, como se tivesse acabado de dar uma corrida. Algo me inquietava. Mas o que seria? Sentindo que essa coisa desconhecida estava às minhas costas, eu me virei subitamente.

As dançarinas pareciam movidas pelo vento. Quase todas estavam cabisbaixas e de olhos fechados para sentir mais intensamente a música. Mas uma delas tinha os olhos bem abertos e eles estavam cravados em mim.

Entre surpreso e intimidado, voltei imediatamente o olhar para os marinheiros. Tentei concentrar minha atenção neles, atarefados com seus baldes e canecas, mas senti que encostavam um ferro em brasa na minha nuca. Tornei a girar a cabeça.

A dançarina mantinha os olhos fixos em mim e sorria.

Seu sorriso era alegre e triste ao mesmo tempo.

Nunca antes uma garota me olhara daquela maneira.

Era a mais bela de todas, sem dúvida.

O que fazer? Deveria eu sorrir em retribuição? E depois, faria o quê? Tentaria conversar com ela?

Não. Claro que não.

Onde eu arranjaria coragem para me aproximar dela?

Quando as mulheres pararam de dançar, suspirei fundo para tomar coragem e, de olhos baixos, caminhei até os marinheiros e pela primeira vez me juntei a eles na distribuição da água.

Na única ocasião em que levantei o rosto, encontrei uns olhos cintilantes focados em mim.

— Muito obrigada — disse ela, em português.

Eu nada consegui dizer em resposta. Minha garganta estava travada por um ferrolho e meu cérebro só pensava em dominar a tremura que tomara meu corpo.

Depois que as mulheres desceram ao porão e os marinheiros se foram, fiquei paralisado diante das gamelas que tinha de lavar. Completamente exausto, eu não conseguia mover um só músculo.

46
UM BANHO DE SANGUE

— TENS PENSADO no que te propus?

Ao escutar a pergunta de José, que se aproximara sem que eu o notasse, tive um sobressalto e não consegui responder de imediato.

Minha primeira reação foi dizer a ele que minha mente estava ocupada com um assunto mais importante: uma garota bonita, uma dançarina de belos olhos negros, havia sorrido para mim, falara comigo e eu não pudera responder.

— Já pensaste na minha proposta? — insistiu.

— Começo a pensar nela a partir de agora.

José, que esperava uma resposta positiva, não escondeu sua frustração.

— Como vives falando que Vasco da Gama foi o maior herói português, eu pensei que tu gostarias de ser também um herói, mas um herói africano.

Tentei encarar o brasileiro, porém seu olhar era sempre oblíquo.

"Por que vou me envolver em uma rebelião?", uma pergunta me inquietou. "Ainda mais ao lado de um sujeito no qual nunca tive plena confiança."

— Se os marinheiros reagirem, haverá um banho de sangue — argumentei.

— Eles não reagirão. Basta que tu envenenes o jantar deles.

Antes que eu pudesse retrucar, José caminhou a passos largos em direção à proa.

Olhei para o céu. Uma nuvem estreita e curva me fez lembrar de Paizinho Coração. A figura esbranquiçada lá no alto tinha o dedo indicador apontado na minha direção.

— Achas correto envenenar seres humanos, Kandimba?

— Claro que não, meu Paizinho.

— Então...

— Então o quê?

A nuvem não me respondeu, pois não existia mais. Desfizera-se em fração de segundo.

47
VI SÓ TRISTEZA NO ROSTO DELA

NO DIA SEGUINTE, mais uma vez, um delicioso punhal cravou-se nas minhas costas.

Como já esperava por aquela punhalada, eu me virei.

A jovem dançarina sorria.

Sorri em resposta.

Naquele momento, ao encarar aquele belo rosto sorridente, senti que não era mais o mesmo. Até o dia anterior eu não passava de um rapagão meio atoleimado, como dizia o Mortezinha. Ainda não tinha consciência de que era um homem, o mais alto e forte de todos os que se encontravam naquele navio, marinheiros ou escravos.

O sorriso dela ampliou-se, tomou todo o convés e estendeu-se até o fim do Universo.

Embora meus olhos estivessem subjugados pelo olhar dela, eu pude perceber os movimentos harmoniosos de um delicado corpo que dançava.

— Queres mandar um recado para ela?

A pergunta que José soprou em meu ouvido causou-me um susto tão forte que deixei cair a colher de pau dentro do caldeirão fervente. E queimei a ponta dos dedos para recolhê-la de volta. Envergonhado, baixei os olhos. Meu movimento devia ter parecido ridículo à bela dançarina.

Ao meu lado, de mãos na cintura, José curvou-se sobre uma gamela, como se para verificar se estava bem limpa.

— Ela? — perguntei. — Estás te referindo a quem?

— Muxima! Ela se chama Muxima. Queres que eu transmita alguma mensagem a ela?

Não hesitei.

— Sim. Diz a ela que é a mais linda de todas.

— Isso ela já sabe! Arranja outra!

— Diz que estou loucamente apaixonado por ela.

José ergueu o rosto e se pôs a observar os mastros.

— Antes de dar teu recado, quero saber se vais aceitar o convite que te fiz.

Como ainda não tinha uma resposta, fiz uma pergunta:

— O que ganham os escravos com a rebelião?

— A liberdade.

— Liberdade no Brasil, José?

— Sim. Levarei todos para o quilombo de Palmares, uma aldeia formada só por gente que fugiu da escravidão. Lá todos serão livres.

— Mas e se os índios nos atacarem? Paizinho Coração dizia que, para os índios do Brasil, não importa a cor da pele. O que eles gostam mesmo é de flechar todas as pessoas, negras ou brancas.

— Se tivesses que optar entre as flechas dos índios e o chicote dos brancos, tu escolherias o quê?

Lembrei-me de algo que ouvira de Paizinho Coração.

— Os índios são antropófagos! Os brancos não nos comerão.

José soltou uma risadinha debochada.

— Não te preocupes com os índios, Kandimba. Eles só te comerão depois de morto. E tu, estando morto, não sentirás dor nenhuma quando te assarem... Preciso da tua resposta já!

Lancei um olhar ao grupo de mulheres que se encaminhava para o porão. Muxima me fitava, mas não sorria. Vi só tristeza no rosto dela.

Mentalmente, eu me dirigi a ela: "Logo, logo, querida, não dormirás mais nesse porão horrendo!".

— Vou participar do motim, José.

48
FILHOS DO DIABO

DEMOREI A DORMIR naquela noite.

Pensei muito em Muxima.

Como os demais escravos, ela certamente já estava vendida a alguém que viria buscá-la assim que o navio fundeasse.

Para onde seria levada?

E eu, o que faria ao desembarcar? Iria atrás de Muxima? Ou deveria procurar antes minha mãe e meu irmão?

Havia, porém, uma pergunta que antecedia a essas todas: o que aconteceria comigo se desembarcasse? Como previra Twelvetrees, seria escravizado?

Eu não tinha resposta para nenhuma dessas indagações.

De uma coisa, porém, eu tinha plena certeza: não queria perder Muxima.

Deitado na minha esteira, resolvi que não apenas participaria da revolta dos escravos. Eu iria liderá-la porque queria evitar mortes desnecessárias, já que tinha gravada na mente a imagem de meu pai morto, ensanguentado.

Havia também outra razão, ainda mais poderosa: eu desejava provar a Muxima que era corajoso.

Na manhã seguinte, de maneira abrupta, José voltou ao assunto.

— Hoje à noite, nós dois atacaremos os homens que estarão de vigia no convés...

— Com que armas? — perguntei.

— Com os teus cutelos!

— Não! Isso não. Odeio ver sangue. Além disso, os marinheiros também são filhos de Deus.

— Homens envolvidos no tráfico estão mais para filhos do Diabo, Kandimba.

— Mas nós também estamos envolvidos no tráfico, José! Eu sou o cozinheiro e tu...

— Cala e escuta! Mataremos os que estiverem de vigia e iremos à cabine do Vasco Cinfães. Depois de degolá-lo, pegaremos as chaves das algemas. Em seguida, descemos ao porão, libertamos os escravos e voltamos para acabar com os marinheiros e com o Mortezinha.

— Prefiro um plano que envolva menos mortes.

— Continua preferindo — respondeu José, irritado.

Não pude retrucar porque ele, como costumava fazer, virou-me as costas e saiu andando depressa.

49
DEIXA COMIGO

JOSÉ ME ACORDOU no meio da noite.

— Calado! — sussurrou ele.

Concordei com um gesto lento de cabeça e, apoiando-me nos cotovelos, ergui o corpo.

— Onde estão os cutelos? — perguntou ele, irritado. — Não estão na cozinha. As facas grandes também não.

— Escondi facões e cutelos antes de deitar.

— Mas eu já avisei aos escravos que nós vamos agir esta noite. Temos de atacar agora!

— Vamos! — Eu me levantei. — Usaremos nossas mãos como armas.
Saí para o convés. José veio atrás de mim, praguejando. Era uma noite enluarada. O navio avançava molemente impulsionado por uma brisa fraca.
Agachados, nos encostamos na amurada.
Naquele momento lembrei-me de um sonho em que Mgongo havia dito que eu talvez viesse a ser testado um dia. Teria chegado a ocasião?
De onde estávamos consegui identificar a silhueta do homem que se encontrava sentado junto ao leme. Era um espanhol conhecido como Toro Bravo. Embora fosse um pouco mais baixo do que eu, era o mais forte dos marinheiros europeus. Com a cabeça caída sobre o peito, ele parecia dormitar.
Localizei depois o marinheiro que vigiava o convés. Era um dos portugueses, o Fiapo, baixinho e magricelo. Empunhando um mosquete, ele percorria o navio de ponta a ponta para se assegurar de que tudo estava em ordem.
— Ataque o Fiapo, Kandimba — disse José. — Eu tomo conta do Toro Bravo.
Tive que levar a mão à boca para sufocar um riso que quase me escapou dos lábios.
— Como pretendes dominar o Toro Bravo, José?
— Dou-lhe um murro no queixo.
Se José desse um murro na queixada de Toro Bravo, o mais provável é que quebrasse o próprio punho. Coloquei minha mão no ombro dele.
— Deixa comigo. Eu tomo conta dos dois.

50
MURRO E CABEÇADA

DURANTE ALGUM TEMPO, observei as idas e vindas do Fiapo.
Decidi atacá-lo em um ponto no qual ele não pudesse ser visto por Toro Bravo.
No momento propício, deixei meu esconderijo e, na ponta dos pés, corri silenciosamente em direção ao português. Quando percebeu minha aproximação, ele tentou virar-se, mas eu desci com toda força a minha mão fechada no alto da cabeça dele. Fiapo arriou. Consegui segurá-lo antes que desabasse.
Retirei então minha camisa e com ela o amordacei. Depois, com um pedaço de corda, eu o amarrei firmemente de modo que não pudesse se mover.

Voltei para junto de José.

— Tomara que tenhas a mesma sorte com o Toro Bravo — disse ele, sem esconder a inveja que sentia de mim.

Não retruquei. Estava confiante e tranquilo.

Sem fazer ruído, avancei sinuosamente pelo convés aproveitando toda sombra de vela ou de mastro para me esconder.

Dormitando de queixo enterrado no peito, com a boca aberta, Toro Bravo não me viu chegar. Descarreguei-lhe um formidável murro na nuca. O estrondo da arcada superior dele ao se chocar com a mandíbula foi tremendo. Mas a caixa craniana do Toro Bravo parecia ter sido moldada em um material mais resistente do que osso porque ele conseguiu se levantar em seguida. Virou-se para mim, zonzo, mas ainda em condição de combater.

— Kandim...

Não deixei que concluísse meu nome. Dei-lhe uma cabeçada no queixo que quase o pôs para fora do navio. Ele recuou vários passos, chocou-se contra a amurada e caiu enrodilhado sobre o assoalho.

José correu para junto de mim.

— Vamos ao Vasco Cinfães! — disse ele, autoritário.

— Não! Antes, amarra as mãos do Toro Bravo.

Quando o brasileiro me obedeceu sem retrucar, eu compreendi que havia assumido o comando do motim. Mas não me senti orgulhoso. Pelo contrário, fui incomodado por uma dúvida: teria eu condições de liderar a rebelião?

Aquele, porém, não era um momento de reflexão. Era de ação.

Quando José acabou de manietar e amordaçar Toro Bravo, ordenei:

— Vamos à cabine do Vasco Cinfães!

Cautelosamente, sem fazer ruído, nos dirigimos à popa. O imediato ocupava um cubículo ao lado do camarote do capitão Mortezinha.

Devagar, evitando fazer barulho, abri a portinhola. Antes, porém, que eu entrasse, José me segurou firmemente pelo punho.

— Trata de estrangulá-lo!

— Preciso te lembrar que ele praticamente não tem pescoço?

— O que farás então?

— Vou simplesmente apanhar as chaves que ele deixou ali.

Apontei para o interior do cubículo.

À luz da lua, penetrando pela porta entreaberta, iluminava a argola que continha as chaves das algemas, pendurada sobre o catre do imediato.

Agarrei a maçaroca de chaves e voltei ao convés.

Em silêncio, nos dirigimos ao porão dos homens.

51
NAVIOS NÃO BRIGAM COM O VENTO

EU JÁ ESTIVERA EM UM PORÃO como aquele.

Aprendera então que nada poderia ser pior do que um porão de navio negreiro.

Lembrei-me de Paizinho Coração descrevendo para mim os tormentos a que eram submetidos os pecadores no inferno.

"Paizinho, isto aqui é pior do que o inferno", eu pensei. "Os que penam aqui estão vivos."

Senti uma vontade danada de correr de volta ao tombadilho, mas entreguei as chaves a José e permaneci imóvel, calado, sufocado, enquanto ele libertava os escravos.

Ouvi o ruído de uma chave abrindo uma algema. Depois, outra. Percebi o rumor dos que despertavam. Escutei suspiros de alívio. A seguir, o porão foi tomado por um zunzum surdo. Todos falavam aos sussurros. Dava quase para apalpar a onda de esperança que tomava conta daqueles homens.

O vozerio foi rompido pela voz abafada de José.

— Agora, nós vamos...

— Estou no comando! — falei em voz alta para ser ouvido por todos.

Percebi que os que sabiam o português traduziam rapidamente nosso diálogo para as línguas de Angola.

— A ideia do motim foi minha! — estrilou José. — Todos aqui sabem disso.

Como se não o tivesse escutado, eu me dirigi aos cativos com voz serena e firme:

— Sairemos do porão em silêncio. O capitão e os marinheiros dormem na popa. Nós vamos cercá-los e eu exigirei que se rendam.

— Não! — reagiu José. — Nós vamos matá-los!

Uma vozearia que soou como um rosnado feroz me indicou que muitos daqueles homens concordavam com o marujo brasileiro.

Reagi falando num tom ainda mais alto.

— Não, José, eu não quero chegar diante de Deus no dia do Juízo Final com as mãos sujas de sangue.

— Para com isso, Kandimba! Queres enlouquecer esses pobres homens com tuas maluquices? Aqui ninguém é cristão como tu. Os deuses da África são guerreiros e não têm medo de sangue.

Pigarreei para limpar a garganta.
— Cristãos ou não, nós não vamos assassinar ninguém.
— E se nós não aceitarmos tua decisão? — perguntou-me José, desafiante.

Eu já tinha a resposta na ponta da língua, porém demorei a responder pois sabia que as palavras que iria pronunciar impressionariam fortemente os cativos.

— Não mataremos o capitão e os marinheiros por um motivo muito simples — falei devagar, pausadamente. — Vamos precisar deles, vivos, para que conduzam o navio de volta à África.

Um clamor abafado correu pelo porão e foi seguido por exclamações de espanto, admiração e respeito.

José voltou a falar.

— Não precisamos dos marinheiros, Kandimba. Se navegarmos sempre numa mesma direção, certamente chegaremos a um país ou a uma ilha.

— Navios não andam em linha reta, José. Navios não brigam com o vento.

Ouvimos a forte batida de um pé contra o piso do porão e, em seguida, a voz rouca de um homem que falava quimbundo:

— Kandimba é o nosso chefe!

52
O FEITIÇO DOS OLHOS DE MUXIMA

ESPEREI QUE SILENCIASSEM para voltar a falar:
— Avançaremos em silêncio absoluto. Se soar o alarme, haverá reação e teremos de lutar. Eles têm armas e nós estamos desarmados.

Deixamos o porão. No convés, escolhi quarenta homens e rapazes, os mais fortes, e ordenei aos demais que se escondessem onde pudessem. Disse que os chamaria se precisasse de reforços.

Apontei para a popa.
— Vamos!

A batida das ondas no costado do navio abafava o som das nossas passadas. Não demos nem cinco passos, e o sino soou furiosamente.

— *Rebelión!* — berrou uma voz poderosa. — *Los esclavos se rebelaron!*

Era Toro Bravo. Ele se livrara da corda com que José o amarrara e correra para o sino, no qual, antes de haver escravos a bordo, eu anunciava a refeição aos marinheiros.

Vários dos cativos que estavam escondidos correram até Toro Bravo e o derrubaram rapidamente, mas tiveram de lutar bastante para sujeitá-lo.

— Espalhem-se! — gritei enquanto corríamos para a popa. — Não fiquem amontoados para não favorecer os atiradores.

No embalo em que vinha, meti o pé na porta da cabine do capitão.

Alertado pelo sino, já esperando um ataque, Mortezinha abriu um pouco a porta, enfiou sua pistola na brecha e fez fogo.

Senti uma forte queimação na perna esquerda.

Eu fora atingido na coxa, mas felizmente de raspão.

Mal o capitão fechou sua porta, escancarou-se a portinhola do camarote dos marinheiros e por ela saíram três línguas de fogo. De imediato, a porta cerrou-se com um estrondo.

Dois dos escravos haviam sido feridos. Um deles caiu sentado com as costas contra a amurada, atingido com gravidade no peito. O outro teve a orelha direita decepada.

— Rendam-se! — eu gritei. — Já ocupamos todo o convés. Saiam com as mãos para cima!

— Render-nos? — retrucou Mortezinha. — De jeito nenhum! Vocês nos matarão.

— Prometo que a vida de vocês será poupada.

Por um tempo o capitão se manteve calado, mas quando ele voltou a falar percebia-se uma grande estupefação na sua voz:

— Quem está falando é o Kandimba?

— Sim. Estou liderando o motim!

— Simplesmente, eu não acredito! Como podes trair o homem que te salvou da forca?

— Foram as circunstâncias...

— Que circunstâncias?

Como não podia mencionar o feitiço dos olhos de Muxima, falei de algo que me ocorreu naquele momento.

— Eu me convenci de que o melhor para mim e para os meus irmãos será voltar à África.

— Voltar à África? Bebendo que água, Kandimba? Água da chuva?

— Não! Encheremos os tonéis em um rio brasileiro!

— Que rio? Onde ele fica?

53
OS PRIMEIROS IRÃO PARA O INFERNO

OLHEI AO REDOR.

Os meus liderados pareciam assustados.

José me encarava com o olhar zombeteiro de sempre.

— Então vamos desembarcar no Brasil, capitão! — gritei. — Libertaremos vocês quando chegarmos lá.

— Não se preocupe conosco, Kandimba. O problema é de vocês, que serão capturados assim que pisarem em terra.

— Nós nos abrigaremos em um quilombo — argumentei. E, como aquela conversa não podia se prolongar, acrescentei rapidamente: — Capitão, saia já ou invadiremos sua cabine!

— Pois venham! — gritou Mortezinha. — Os primeiros irão comigo para o inferno.

Aquela frase causou forte impressão nos escravos falantes de português, que imediatamente a traduziram para os demais.

— Está bem — eu disse. — Não invadiremos sua cabine. Nós simplesmente vamos pôr fogo nela. O senhor vai assar aí dentro como um leitão.

Quando voltou a falar, Mortezinha já não parecia tão confiante:

— Kandimba, tu não podes ser tão mal-agradecido a ponto de fritar o homem que te salvou o pescoço.

— Sinceramente, capitão, eu prefiro não matá-lo.

— Mesmo assim, eu me recuso a sair.

— Por ora, o senhor pode ficar por aí. Mas quanto tempo aguentará sem água ou comida?

54
NÃO TEMOS OUTRA SAÍDA

UMA RESPOSTA ESGANIÇADA veio da cabine dos marinheiros.

— Nós aceitamos fazer um acordo, Kandimba! — disse o Velho Pedro, que, ao soar o alarme, se juntara aos marujos. — Se tu, ingrato, garantires nossa vida, nós nos renderemos.

— Já empenhei minha palavra! Vocês não serão assassinados nem maltratados.

Durante algum tempo escutei os marinheiros discutirem se deviam ou não confiar em mim. Por fim, ouvimos mais uma vez a voz estridente do escrivão:

— Kandimba, traidor, estás certo de que os escravos obedecerão às tuas ordens?

Vacilei. Os africanos que tanto haviam sofrido naquele porão certamente não se mostrariam tão generosos quanto eu.

— Só morto não cumprirei minha palavra de honra — afirmei.

Foi uma frase forte que causou boa impressão tanto nos marujos quanto nos meus companheiros de motim.

— Não temos outra saída a não ser confiar em ti — admitiu Velho Pedro.

— Saiam desarmados! — ordenei.

55
NINGUÉM MAIS DESCERÁ AO PORÃO

OS MARINHEIROS começaram a deixar a cabine.

— Vamos pôr os ferros neles! — gritou José, arrancando gritos e aplausos de aprovação dos cativos.

Encarei o brasileiro que surpreendentemente manteve seus olhos fixos nos meus. Compreendi que ele estava incentivando o desejo de vingança para sabotar meu comando.

— Com algemas e correntes, José, como eles subirão aos mastros? — perguntei. — Como manejarão o navio?

Como ele nada respondesse, eu me voltei para os marinheiros:

— Façam fila! Vocês terão as mãos amarradas com cordas.

Pouco depois, os africanos, espantados, observavam os marujos estenderem as mãos à frente.

Mortezinha entregou-se a seguir.

Enquanto manietavam o capitão português, olhei em volta procurando, sem sucesso, um par de olhos cintilantes.

— Epalanga, liberte as mulheres — falei a um homem que me ajudava com as refeições. — Que elas subam imediatamente!

Distribuí os marujos manietados pelo convés e coloquei entre eles vários africanos, para impedir que se comunicassem.

Enquanto eu tomava decisões e dava ordens, minha mente continuava voltada para a chegada das mulheres porque entre elas estaria uma garota com a qual eu gostaria muito de conversar, mas...

Antes de travar uma primeira conversa com ela eu precisava sair vencedor daquela aventura. Assumira uma grande responsabilidade ao comandar um motim que libertara centenas de pessoas arrancadas de sua terra e escravizadas. Só depois, se saísse vitorioso ao final, eu teria o direito de me aproximar de Muxima.

Passeei os olhos pelos que se espraiavam pelo tombadilho. Eram bem menos numerosos do que no embarque porque dezenas haviam morrido durante aquela travessia que se aproximava do fim.

No convés, assustadas, as mulheres e as meninas formaram um círculo.

Chamei José e ordenei que fosse ao porão dos mantimentos.

— Leva uns dez homens contigo. Tragam de lá todas as velas de reserva. Vamos preparar tendas com elas. A partir de hoje ninguém mais descerá ao porão.

Fui até onde as mulheres estavam reunidas e em voz alta me dirigi a elas:

— Preciso que algumas de vocês assumam o papel de cozinheiras.

A primeira a dar um passo adiante foi Muxima.

— Podemos começar agora? — perguntou.

Sua voz era mais doce do que eu me recordava.

— Sim! — respondi. — Se quiserem, passem a noite cozinhando. Temos comida à vontade, mas infelizmente estamos com pouca água.

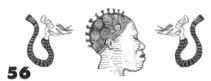

56
NÃO DEVES CONFIAR EM NINGUÉM

— TERRA À VISTA!

O grito dado pelo marinheiro que estava na gávea percorreu o convés como um golpe de vento e empurrou todos em direção às amuradas.

Agarrados ao parapeito, africanos e marinheiros puderam ver por cima da superfície brilhante do mar uma linha escura que se estendia por todo o horizonte.

Todos observavam com interesse a paisagem que ia se tornando mais definida aos poucos. Logo distinguimos os altos coqueiros balançando suas copas ao vento.

Fui tomado por uma emoção muito forte, boa e dolorida ao mesmo tempo. Por fim, depois de muitos anos, eu me aproximava do país em que viviam minha mãe e meu irmão. Estariam vivos? Estariam juntos? Conseguiria eu encontrá-los? Não seria como procurar agulha em palheiro?

Dirigi-me ao leme, onde se encontrava o capitão Mortezinha.

— Vamos desembarcar em Porto de Galinhas. José me disse que tem amigos por lá e que eles nos levarão a um quilombo.

Sorrindo ironicamente, o português sacudiu a cabeça de um lado a outro:

— Eu não confiaria nele, Kandimba.

— Devo confiar em quem? No senhor, um capitão de navio negreiro?

— Não, claro que não. Penso que não deves confiar mesmo em ninguém.

No final daquele dia, pouco antes do anoitecer, a âncora do *Santa Piedade* foi lançada.

O menor dos três botes foi baixado e nele embarcaram José e os dois outros marujos brasileiros.

— Amanhã cedo estarei de volta! — gritou ele para mim.

57
O SORRISO ALEGRE DOS AFRICANOS

ANTES MESMO DE NASCER O SOL já havia muita gente de pé junto à amurada observando a praia.

— Lá vêm eles! — gritou alguém.

Imediatamente levei aos olhos o binóculo de Mortezinha. Cinco botes avançavam rapidamente em direção ao nosso navio. Contei seis homens em cada um deles. Eram todos negros ou mestiços. Eu não imaginava que José fosse reunir tanta gente em tão pouco tempo.

O brasileiro estava ajoelhado na proa do bote que vinha à frente. Eu aceitara sua sugestão de ancorar em Porto de Galinhas porque José prometera arregimentar alguns homens que nos levariam até um famoso quilombo, Palmares, não muito distante do litoral.

Os botes foram saudados por gritos de alegria quando se aproximaram do costado do *Santa Piedade*.

Escadas de cordas foram jogadas por cima da amurada.

O rosto sorridente de José foi o primeiro a surgir no convés.
— Chegaram os salvadores de vocês! — gritou ele.
Os africanos explodiram em gritos de alegria. Os homens dos botes, rapidamente e em silêncio, galgaram as escadas de corda. No convés, eles formaram um grupo compacto por trás de José.

Estranhei que vários deles empunhassem mosquetões e que todos tivessem presos à cintura facões enormes ou porretes. Mas o que mais me intrigou foi que nenhum deles mostrava o sorriso alegre e franco que eu esperava ver no rosto de africanos ou de seus descendentes.

As exclamações de euforia dos cativos cessaram subitamente.
— São esses os homens que vão nos levar ao quilombo, José? — perguntei, com voz insegura.
— Não, Kandimba — respondeu ele, um riso malévolo deformando-lhe o rosto. — Eles vieram aqui para capturar vocês. São homens pobres que esperam receber uma recompensa por esse trabalho.

Num movimento que me pareceu ensaiado, os recém-chegados se estenderam em linha por trás de José. Os que tinham mosquetes se ajoelharam e apontaram suas armas para nós. Os demais empunharam seus facões e porretes.

Com um rugido de temor e espanto, os africanos recuaram.
Não havia dúvida nenhuma quanto às intenções de José e de seus asseclas.
— José, por que nos traíste? — perguntei.
— Eu não traí vocês. Traí os compradores. Venderei vocês a outras pessoas.
Sem saber onde buscar ajuda, lancei um olhar para o céu, como Paizinho Coração me ensinara. O vento forte empurrava uma imensa nuvem negra em direção ao *Santa Piedade*.
— Nós somos teus irmãos, José — argumentei.
— Não! Eu sou um brasileiro livre e vocês são africanos, escravos.

58
UMA ALTA PAREDE DE ÁGUA

SEM ACREDITAR NO QUE ESTAVA ACONTECENDO, eu movi a cabeça de um lado a outro.

Quando passaram pelo leme, meus olhos se encontraram com os olhos rasgados do Mortezinha, que piscou acintosamente para mim.

O que estaria ele querendo me dizer?

— Vamos desembarcar imediatamente! — gritou José aos escravos. — Façam fila!

— José, me responde antes uma última pergunta. O que farás com os marinheiros e com o capitão Mortezinha?

— Farei aquilo que tu não tiveste coragem de fazer, Kandimba. Vou ordenar aos meus amigos que cortem o pescoço de todos eles.

Voltei a olhar para Mortezinha. Sempre com o olhar fixo no meu, o capitão levantou o rosto e depois o dirigiu para o oceano.

Imitando-o, examinei o céu nublado e, em seguida, o mar revolto.

Num átimo, compreendi a mensagem do português.

Uma tempestade se formava rapidamente.

Encarei os escravos. A desilusão estava estampada no rosto de todos, homens, mulheres e crianças. Estavam decepcionados comigo, que os metera em uma aventura fracassada. Mais do que tudo, estavam assustados, temiam o que viria a seguir.

Só havia uma saída: lutar por nossas vidas.

Já sabendo o que fazer, pronto para entrar em ação, coloquei as mãos em formato de concha diante da boca e gritei:

— Obedeçam todos ao José! Vamos formar fila para embarcar nos botes.

Naquele exato momento começou a chover. Era uma chuva fria, de gotas grossas, tocada por um vento forte.

A linha de homens por trás de José se abriu no centro para dar passagem à primeira leva dos que desceriam para os botes.

Olhei para Mortezinha mais uma vez. O português voltou o rosto para o mar, na direção de onde vinha a tempestade. Vi a sucessão de altas ondas que se aproximavam. Notei uma funda depressão entre duas delas. Pressenti a formação de uma alta parede de água bem próxima do costado do *Santa Piedade*.

Antevendo o que ia acontecer, José deu uma ordem a seus capangas.

— Atirem no bandido que está no leme!

Os cinco homens armados fizeram fogo ao mesmo tempo.

Embora ferido gravemente, Mortezinha girou o leme de modo que o navio oferecesse toda a extensão do seu costado ao mar furioso.

59
UM PAI-NOSSO E UMA AVE-MARIA

O IMPACTO FORMIDÁVEL da onda quase fez tombar o *Santa Piedade*.

Um uivo feroz me escapou da garganta:

— Ao ataque!

Empurrado pelo desespero, mas também pela esperança, corri em direção a José. Num segundo cheguei junto dele e dei-lhe um murro que o jogou por cima da amurada.

Vendo meu exemplo, os escravos avançaram.

Apesar de armados, os homens de José não puderam reagir. Derrubados pelo tombo do navio, eles estavam tentando retomar sua formação de combate quando foram engolfados pelos cativos. Assim, não conseguiram manobrar seus porretes e facões. Houve uma rápida luta que terminou com a rendição dos brasileiros.

Seis africanos ficaram feridos com pouca gravidade.

Aproximei-me de Mortezinha que agonizava junto ao leme.

— Obrigado, capitão. O senhor deu sua vida por nós.

Voltando seus olhos achinesados para mim, ele me falou com uma voz que era pouco mais do que um sopro.

— Para onde vais levar essa pobre gente, Kandimba?

— Para o quilombo de Palmares, capitão.

Mortezinha fechou os olhos, mas continuou a falar:

— Esse quilombo não existe mais, Kandimba. Foi destruído há mais de cem anos pelos...

O capitão português morreu sem completar a frase.

Ajoelhado, rezei um pai-nosso e uma ave-maria pela alma do homem que me livrara da forca e que soubera usar a tempestade a nosso favor.

60
NAS MÃOS DE DEUS

ERA PRECISO DESEMBARCAR imediatamente.

O que fazer com os marinheiros do *Santa Piedade* e com os asseclas de José?

Ordenei que todos eles fossem amarrados, uns aos outros, costas contra costas, com cordas que lhe passassem pelos braços e pelas pernas. Formaram então uma estranhíssima e longa fila de corpos imobilizados cuja ponta foi atada ao mastro central.

— Amarrados desse jeito, nós vamos morrer — lamentou-se o Velho Pedro.
— Mas tu, Kandimba, juraste que preservarias nossa vida!
— A vida de vocês foi garantida até aqui. Mas, como precisamos de tempo para fugir, vocês ficarão amarrados.

Começou então o traslado para a praia. Foi uma operação demorada porque não tínhamos muitos homens que soubessem manobrar bem os botes.

Desci ao porão principal e escolhi o que levaríamos conosco: uns barris de feijão e de carne salgada, umas pipas com água.

Precisávamos partir imediatamente porque logo a notícia de nosso desembarque se espalharia e grupos de caçadores de escravos sairiam no nosso encalço.

Ao longo daquele dia tive que tomar inúmeras resoluções importantes. Não me sobrou um só momento para pensar em Muxima.

A última dessas decisões cruciais ocorreu quando eu estava prestes a abandonar o *Santa Piedade*.

Vários africanos insistiam que eu matasse os marinheiros e os comparsas de José.

— Assim que se livrarem das cordas, eles virão atrás de nós — Epalanga me advertiu.
— Sim, valemos uma fortuna — admiti. — Mas empenhei minha palavra com os marinheiros.
— Então permita que a gente mate José e seus companheiros.
— Não. Vou deixar a vida de todos eles nas mãos de Deus.

Já acomodado em um bote, cortei o cabo que prendia o *Santa Piedade* à âncora.

Tocado pela brisa leve, o navio se movimentou. Parecia ansioso em retornar ao alto-mar.

61
EM BUSCA DE LIBERDADE

ANOITECIA QUANDO CHEGUEI À PRAIA.
Enquanto caminhava pelo meio da multidão, que estava sentada na areia, escutei o pio metálico de um pássaro.

Aquele som me trouxe à mente uma lembrança muito antiga.

Havia um pássaro que cantava como aquele, no tempo em que eu era menino. E eu costumava despertar com a cantoria dele.

Lembrei então que não havia escutado o trinado dele na manhã em que os nzingas nos atacaram.

Seria o canto daquele pássaro brasileiro um sinal favorável?

De pé na parte mais elevada do terreno, gritei:

— Só vamos parar de caminhar quando chegarmos a Palmares.

Alguém me tocou no braço. Era Muxima, que tinha um pano branco nas mãos.

— Deixa que eu cuide do teu ferimento.

Esperei que ela me enfaixasse a perna.

Depois, um homem se aproximou com uma tocha acesa. Eu a segurei e a levantei bem alto.

Lembrei-me então do que me dissera dona Joana certa vez.

Chegara, por fim, o dia em que eu seria obrigado a mentir. Eu simplesmente não podia dizer àquela gente esperançosa que o quilombo de Palmares não existia mais.

Enchi o peito de ar e gritei:

— Palmares!

— Palmares! — respondeu-me a multidão.

Sob um céu negro iluminado por incontáveis estrelas luminosas, com uma passada firme, dei início a nossa marcha em busca de liberdade num país desconhecido.